著

目錄

修理共黨中文

棒打官府中文

中文急救

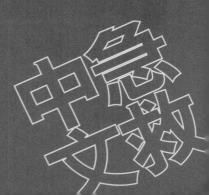

扶正香港中文

語文基本功

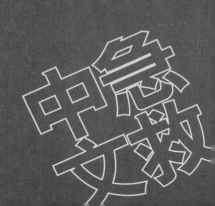

序言

二〇〇一年秋，《信報》原總編輯邱翔鐘先生建議撰文論述大陸之共產中文，余於是搜集資料而成篇，竟八千字，幸得當年文化版編輯梁冠麗君破格採用，於二〇〇二年五月十五至十七日一連三日登載，此香港文字學系列之緣起也。後得編輯周淑賢君賞識，轉而講論香港官方及民間之文辭，綱舉目張，欲罷不能，合成二十餘篇。

天窗出版社見香港中文受共黨中文及官府胡言之蠶食，潰敗不堪，乃倡議中文保育系列，出版三書❶：《中文解毒》（二〇〇八）、《執正中文》（二〇〇九）及《中文起義》（二〇一〇）。蒙讀者不棄，三書暢銷，且引發其他名家學士響應，出版中文保育之書，諸子雲集，蔚成風氣。

❶《中文解毒——從混帳文字到通順中文》，香港：天窗，二〇〇八。《執正中文——對治壞鬼公文，學好中文章法》，香港：天窗，二〇〇九；《中文起義——破解文化操縱，捍衛民主語言》，香港：天窗，二〇一〇。

摧殘中文者，有來自共產中國之狂風暴雨，來自歐美與東洋之奇花異草，更有本土語文之單一化衰變，語彙貧乏，冗長句、殘缺句充斥，板滯不文，乃至港共政府散播流毒謬種，使芳草隱遁，田園荒蕪。「歸去來兮，田園將蕪，胡不歸！」余本治西學、修西文，目睹中文「火燒後欄」，家園失守，不得不猛然回顧，是故保育中文之文章，欲罷不能，乃在《明報》副刊、《am730》、《蘋果日報》及網絡面書等園地，撰寫語文常識及公共語文批判文章。二〇一一年中，《明報》校園版興辦《語文同樂》專刊，編輯黃瑞貞君為我開闢「中英解毒」專欄，圖文並茂，為學子解釋文事。

此等散論、餘論，化語言學術為閑話文章，日久匯集，略有可觀，有助中文保育。蒙花千樹出版社總編輯葉海旋先生不棄，提議結集，吾慕唐人孫思邈《備急千金要方》之名，不避譾陋，欣然名之為《急救中文》系列。花千樹出版社周凱敏君協助梳理目錄及校對缺漏，亦謹此致謝。

陳雲　序於香港沙田
中華民國一百零一年夏曆壬辰年四月初一
西元二〇一二年五月二十一日

修理共黨中文

收返香港與回歸祖國

「好吔吔做乜要收返香港？」香港棟篤笑大師黃子華在《秋前算帳》（一九九七）一劇說的。[1]他問觀眾是否真的熱烈慶祝回歸的，台下觀眾反應寥寥無幾。他慨嘆，應該熱烈慶祝「收返」，不知什麼時候，變了做「回歸」。

中共蒙蔽大陸人的詭詞是「解放」，蒙蔽香港人的詭詞是「回歸」。「解放」是大騙，「回歸」是小騙。在二十世紀八十年代初，中英談判時期，香港人的口語是「共產黨要收返香港囉」，即是中共收回香港主權的意思。由於英國是從滿清皇帝之手，割讓香港及九龍並租借新界，滿清遜位，將大統交予中華民國，而中華民國至今仍在，台灣仍未宣布獨立建國，中共也未消滅中華民國，故此香港主權是否在於中共，香港也沒人深究，只是英國承認中共為中國唯一合法政府，就只得將香港交還中共了。

當年回歸一詞，鬧得火熱，大陸有人在山上大書「回歸」兩字，首任行政長官董建華之夫人趙洪娉也作了《回歸頌》，採用進行曲風格，其中歌詞：「七月的豔陽，照遍香港。回歸的驕傲，永刻在我心上。」有豔陽、有驕傲，共黨中文和洋化中文都齊全了。

回與歸同義，二字合用，乃同義複詞，返回之意，見唐代《敦煌曲子詞・菩薩蠻》：「何日卻回歸，玄穹知不知？」《敦煌變文集・太子成道經》云：「夫人能行三從，我納為妻；不能行者，回歸亦得。」元人關漢卿《裴度還帶》第二折：「認不的個來往回歸。」《水滸傳》第七十一回：「話說宋公明（宋江）一打東平，兩打東昌，回歸山寨，計點大小頭領，共有一百八員，心中大喜。」都是平義，返回而已。

我寫評論文章，避用「回歸」，直覺認為此詞不妥，多寫「香港歸政中共」。歸者，還也，歸政本來是交還政務、辭官歸故里之意，如《漢書・宣帝紀》寫攝政大臣霍光歸

❶ 上載片段：《黃子華棟篤笑　秋前算帳　收返》，http://www.youtube.com/watch?v=4EUgdsIDqsA。

政之事：「大將軍（霍）光稽首歸政，上（漢宣帝）謙讓委任焉。」又《宋書・徐羨之傳》：「元嘉二年，羨之與左光祿大夫傅亮上表歸政。」後來，歸政也指將政權交出，如《清史稿・禮志三》：「乾隆六年，親祭傳心殿，六十年歸政，再行之。」當年我沒查詞典和史書，只是憑心而出，寫「香港歸政於中共」（如本書第二章〈開倉與派糖〉一文），今日仔細考查，才知歸政是移交官位或朝政大權之意。歸政只是政權移交，不涉及主權移交，我寫歸政，是歪打正着了。

回歸既屬同義複詞，回字義平，而歸字義偏，久之詞義乃偏向「歸」字，由於歸字有休息、退隱之意，如陶淵明之《歸園田居》，歸隱田園，萬事皆休，是故「回歸」即使有返回之意，也偏向倒退與停息的聯想，這正是我寫文章避用回歸的原委，算是出自語言觸覺吧。廣東話叫人「返歸」，也是諷刺人家無能，勿要霸佔位置，不如歸去。

廣東市井罵人「返歸」，是叫人收檔、執笠、萬事皆休、勿阻人前進之意。北方人近代人用的回歸，也趨向貶義，殊不吉利，如郭沫若《浪漫主義和現實主義》：「他（屈原）是完全由現實出發而又回歸到現實，並完全把自己的生死都置諸度外的。」中共元老毛澤東的「回歸」，更是掃興。他老人家《在省市自治區黨委書記會議上的講話》說：「當然，如果我們搞得不好，歷史走一點回頭路，有點回歸，這還是很可能的。」

老毛之回歸講話，預告香港河山變色之後的命運，可惜這一代的共產黨人就是不讀中國書，連《毛澤東選集》都不讀的。

按：本文乃呼應文友古德明〈回歸祖國〉一文，見《am730》，二〇一一年八月三日。此文網上可閱。德明先生之論說較簡，只舉《水滸傳》一例，並說：「所謂『回歸』，是主動的，就如宋公明奏凱回到山寨家中一樣。但香港真是主動投向中共懷抱的嗎？」他認為宜用「香港易手」取代「香港回歸」。

解放中國與中共建政

於極權政府而言，生產詞彙比生產物品，遠為重要。物品只討好軀體，詞彙卻直入人心。政權不斷推出新造詞，可以令人覺得時代進步，而且忘記舊日的詞彙。例如，中共的體育界愛講「心理素質良好」，就令人忘記了民國和王朝中國的沉靜、剛毅、剛勇、不屈不撓、臨危不亂、泰山崩於前而色不變，陽明心學被西洋心理學取代了。詞彙換了，人心便變了，文化也變了。一句「心理素質」，就將中華文化的心性修養毀了。試問一聲，外國人有講 The athlete has good psychological quality（運動員有良好心理素質）的麼？除了是調笑吧。機械人統治的 matrix 世界，才會這樣講的。這不是洋化的問題，而是自我糟蹋。

中共專門生產詞彙的是中央宣傳部，最偉大的新造詞，卻不是「心理素質」這些雜碎，而是「解放」。自由既然是革命黨賜予的，自然可以收回。一九四九年十月一日，中共解放中國人民，成立中華人民共和國。義軍瓦解了暴政或敵外政權，古文謂之重光、光復、收復失地、還我河山。二次大戰期間，盟軍攻陷納粹德國統治之地，謂之解放（liberation），盟軍攻破關鎖猶太人之集中營，猶太人重獲自由，謂之解放。盟軍解放了納粹德國的佔領區，人民是紛紛回國定居的，不是往外逃難的。

國共內戰，中共推倒的國民政府，是暴政麼？是敵外政權麼？都不是。反而中共卻兩者都是，是受到蘇聯資助和支配的中華蘇維埃。客觀的講法，一九四九年之事，是「建政」，建立政權，也可以說是「建國」，建立國體，當日是「國慶」，但「解放」就絕對稱不上。自一九四九年至今，中共容許人民之權利與自由，萬萬及不上國民政府。以國民政府及自由世界之立場，一九四九年之事，是竊據、赤化，成立的是共產中國、蘇維埃中國。中共的解放一詞，糊弄了中國人六十幾年。你講解放，電台講解放，就認同了中共賜予你自由的恩典。很多中國人就是這麼犯賤，犯賤到無以復加！

然則，香港的報紙也偶有奇迹。二〇一一年四月二十一日，《蘋果日報》有一則新聞，題為〈奇迹：平治墮坡　黑人牙膏家族夫婦輕傷〉。「生產『黑人牙膏』的嚴氏家族一對夫婦，於四月二十日由司機駕駛平治房車沿香港仔大潭水塘道上斜時，年逾六旬司機突然不適暈倒，房車失控溜後，七旬男主人企圖將車煞停不果，房車溜後二十米掃毀路旁一列鐵絲網後滑落六米深山坡，夾在山坡與牆壁間空隙，夫婦只受輕傷」，可謂奇迹。新聞其後介紹嚴氏兄弟於一九三三年創立黑人牙膏品牌，其後由上海南下香港。措詞是「中共建政後兄弟來港定居，在港、台設立廠房，九十年代始重投內地」。

這是敘事之性質令到詞彙必須選擇中立的例子。假如說：「中國解放之後，兄弟來港定居。」該是夠滑稽了吧？既云解放，而上海當年遠比香港繁華，國人南下香港作甚？

自虐的河蟹與草泥馬

年前，中共假借促進「和諧社會」之名，排擠正義言論，鎮壓民間的維權抗暴鬥爭，民間的反抗者不直斥其非，反而自我調侃，紛紛戲謔起來，用普通話諧音，在二〇〇九年製造了「河蟹」之名，然後真的造出了河蟹這生物，之後為了對抗河蟹這種幻想生物，又製造一種與北方粗口諧音的幻想生物「草泥馬」，再借用南美洲的駝羊為像，真的造出了草泥馬出來。（河蟹衍生的十大神獸，就不必提了。）

然後，草泥馬與河蟹退出正經語言的場所，大戰在「馬勒戈壁」的虛幻地方。香港還衍生了一個馬草泥（維園阿哥任亮憲的花名）。今年六四前夕，香港藝術界做了個生物大遊行，舞動草泥馬及河蟹，由旺角行到尖沙咀，演練了一場虛擬生物戰。

戲謔走失了它的鬥爭對象，自己造出了個戲謔的幻想天地，抗爭界、輿論界都陶醉

中文急救

其間，對於上個世紀的抗爭運動者，是難堪的景象。以前的示威者，會替可惡的政客或國家起一個花名，紮一個滑稽塑像（caricature），當眾辱罵之、踐踏之、焚燒之，那個花名是直接聯繫該政客或國家的，辱罵行動也是直接對付該政客或國家的。上世紀的抗爭者，很少會在政客或國家的花名上，再做戲法，變出諧音的名字，再弄個諧音的敵人，沒完沒了地戲謔。例如中東抗爭者諷刺美國的山姆大叔（Uncle Sam），就不會為山姆大叔再造一個敵人，然後坐視兩者在舞台上開戰。

與極權政府的語言鬥爭不可逃避，要令統治者無話可說，而不是民間自行失語，不與統治者爭奪正經語言，反而自我調侃，戲謔度日。要駁斥中共的「和諧社會」論，是輕而易舉的事：社會和諧必須要有言論自由和輿論空間，也要有公民社會和政治民主，各種意見都表述過了、議論過了，形成大多數人可以接受的公論、不壓迫少數人的憲法權利的公論，這就是和諧社會。即是說，建設和諧社會的前提，是言論自由和新聞自由。壓制異見就是高壓統治，不是什麼「和諧社會」。中共講的固然是歪理，但始終用的是正經語言，民間不與中共爭奪正經語言的詮釋權，卻自我從攻擊對象之上滑落（sliding away from target），溜出正軌，不斷地衍生幻想語言和幻想圖像，最後自甘墮落，淪落到使用粗言穢語的地步。中共政權捱過六十年，至今不倒，不是因為它強大，而是因為反抗者的懦弱和愚笨：他們受到中共的思想支配，成了中共暴政的外圍衍生物，反過來滋養住暴政統治。

這篇文章，借用了德里達（Jacques Derrida）的理論：詞義滑失（Differance，譯為衍義、差延）。當然，這只是借用，不真的照用德里達的理論。學問讀得通透，便可以從心所欲，為我所用。

所以，我尊重艾未未的人格和抗爭精神，但他拿草泥馬來玩『擋中央』的戲謔，我不以為然，格局太低了。至於中共連這種戲謔的藝術家也要收押，則是愚蠢，應該放手讓艾未未多搞這些無聊的藝術抗爭才是。中國就是這樣，一群蠢人當道，大家鬥蠢，但大家都不認蠢：艾未未以為自己在抗爭，中共以為自己在打擊抗爭。

我斷定中國之所以無可救藥，就是看到這些荒謬景象啊。

面書上的留言（摘錄）：

Iron Head：打擦邊球，可模糊立場，方便將來走精面。中國人搞抗爭，我不得不提《讓子彈飛》後段，姜文獨白：「我明白了！誰贏了，他們幫誰！」怕只怕上演一幕《十個救火的少年》的悲劇。

Wan Chin：我舉一個自己的例吧。我上星期諷刺警務處長曾偉雄的fb貼文，便也用語言諷刺，但那是心狠手辣，直擊目標的：「禿鷹不會啄食同類的屍體滋養自己」。那是警惕曾處長不可借題發揮，用同僚的意外死亡、借助同僚的屍體來抹黑示威者。當時示威的是運輸雞苗（雛雞）的雞仔棠（花名），如果我寫「禿鷹硬食雞仔」之類的戲謔諷刺，便會失去焦點，變成「神獸」的舞台劇了。

諷刺要夠力，始終要看膽色。

ChanTainam：關於陳雲教授的文章談論的政治戲謔，我有些補充。

高登討論區常見的「認真你就輸了」，其實只是高登人用語，通常在牛角尖爭拗出現時，為免再鑽牛角尖，就會有人說「認真你就輸了」作為緩衝，是網民戲言，無須搬上正式政治論述方面。此其一。

有文化界指出，由於傳媒較喜歡戲謔式的政治表達方式，嚴肅論述都很沉悶，難引起公眾興趣，傳媒也不願報道，因此採用戲謔諧音、趣怪諷刺之類手法，才得到傳媒關注云云。但不必理會，還有很多嚴肅報紙。

此外，戲謔也可以避開法律責任，例如畜生地產的諷刺。

社運界的悶，是用了很多複雜理論卻轉不出來，不能簡單陳述，於是覺得悶。

《am730》

二〇一一年六月二十一日

強國與盛世

用過分恭維來諷刺，是修辭學常見的手法，叫誇張（overstatement），誇張到離譜，產生嘲笑的效果。然而，諷刺文章總會帶出攻擊的，不會只是調侃一番就算數。可惜，由於被諷刺的對象一直冷漠麻木，無動於衷，諷刺者便失去鬥志，只是調侃了事，搞下笑就算。

我講的是近年嘲笑中共的詞彙，由「河蟹」到「強國」、「天朝」與「盛世」，都顯示嘲弄者的無力、無內涵，間接鞏固了被嘲笑的中共的地位。這種只是發洩情緒的惡搞，類似政治滑稽漫畫（caricature），只能依存於被嘲笑的對象，而不能取而代之，衍生新秩序，打出新天地。是故，聰明的統治者，對這種小罵大幫忙的惡搞，都會心領神會，一笑置之。

例如我們正正經經地說，中共是官富民窮的弱國、黨官勾結財閥剝削貧民的鬼國，GDP高漲卻是隱伏信貸危機爆發的危邦、亂邦，我們是有另一套替代的藍圖的，就是有力達致公平而均富的正常國家，能夠化解危機與民怨的正常政府。只是調侃中共是強國的話，就真的無奈地接納了中共是強大的現實而不加以批判了。當然，網民偶然玩一玩、消消氣是可以的，反正有其他人的正經批判來支援，但長期這樣玩這些恭維中共的詞彙，就弄假成真，中共真的變成無可置疑的強國了。

至於盛世，倒不是網民的調侃之詞，而是中共自己講的。如二〇〇一年十一月十一日，江澤民為第九屆全國運動會於廣州主持開幕，近萬人表演「盛世中華」樂舞。中國王朝的統治者多數深知《易經》盈虛損益之道，盛世過後就是衰世，帝王只是說自己祈求治世，平治天下，卻不敢說是盛世的。王朝史家只稱文景之治、開皇之治、貞觀之治之類，卻不稱盛世。唐人稱「開元盛世」，也與「天寶遺恨」對照，並非恭維玄宗統治有方，而是痛惜天寶年間爆發安史之亂，令盛唐繁華，毀於一旦。

夠膽自認盛世的，只有外族統治的王朝，例如滿清開國初期，君臣就讚頌本朝為盛世，乾隆皇自撰《十全武功記》，自詡「十全老人」，臣下稱康雍乾盛世，以此來博取漢人認同其異族統治。

中共自稱是盛世，意識裡面就承認了自己是蘇聯殘餘的境外殖民政權。至於其他人恭維或諷刺中共是盛世，也就接納了中共的殖民統治，自以為是諷刺，其實是自我洗腦，自甘臣服。

一起意外的日子

網友回帖，開個玩笑：「某省高幹犯下一起強姦民女罪行」，你猜是一位高幹犯了一宗強姦，還是幾位高幹共同強姦民女？

大陸亂象紛呈，香港人讀當地新聞，往往讀到「一起意外」、「一起事故」之類的報道，有時撞作一團，變成：

- 〈我市發生一起意外翻船事故〉（湖南省洪江市委宣傳部二〇一一年六月二十一日新聞公佈）[1]

---

[1] http://www.hjs.gov.cn/Item/1794.aspx。

中文急救

• 〈虞塘派出所快速處置一起意外死亡事件〉（湘鄉市公安局二〇一一年八月二十九日新聞公佈）❶

兩宗意外，傷亡不大。不熟悉北方用語的，會以為很多人一起翻船、很多人一起意外，跌得滾地葫蘆，死得屍橫遍野，而不知道北方話的「一起」，就是古語的「一宗」、廣東話的「一宗」、北方近代口語的「一樁」（借用一根木樁的比喻）。一宗事件、一宗意外，容易寫也不會有歧義，但講廣東話的香港人不能明白，為何北方人、特別是中共媒體非要說「一起事件」、「一起意外」不可？難道他們面對官方的公佈，是不敢錯讀、不敢嘲笑的一群人？

「一宗」與「一起」都是量詞，古文少用量詞，古人說「一井」，不說「一口井」，量詞都是後起的。用「宗」稱事件，源自明代口語，借用自宗族、宗派、宗支、卷宗的宗。如《儒林外史・第四十七回》：「方六老爺拿手一宗一宗的指着說與他聽。」

「起」也是量詞，用「起」稱事件，是清之後的口語，如《紅樓夢•第四十四回》：「且平兒又是個極聰明極清俊的上等女孩兒，比不得那起俗蠢拙物。」明與清的書面白話相差不遠，依照語言常識，用「一宗」好些，因為「一起」是有歧義的。於文書與公告而言，「一宗」與「一起」並列，只有死心眼的某些大陸人和台灣人，才會選用「一起」。我們香港人，不論文書或口語，都用「一宗」。不是說我們香港人聰明，而是我們喜歡搞笑，官方的說詞到了我們手上，總愛弄出些小玩意來，逗逗自己開心。

❶ http://www.xxga.gov.cn/xiangxiangjingxun/2011/0829/165.html。

即使與即便

即便不是即刻大便，「即便」的意思與「即使」一樣，是令港人迷惑的大陸流行用詞。梁文道很常用：

> 這就是了，即便年幼，這個小女孩也曉得說得出這麼一段很「正面」很漂亮的好話。但你能聽懂這段話嗎？❶

一般香港人初看以為「即便」是「即使」的排版錯字，查字典才知道，「即便」與「即使」是同義的。有些香港作者投稿到大陸，文中的「即使」就改為「即便」，易通曉為偏僻，令他們大惑不解。

「即使」在魏晉時期已用，是「使」（假使）的引申。「即便」在魏晉時期也有，但不是「即使」的意思，而是馬上、即刻，是「便」（順利、簡單）的引申，意思是「即可便去」、「即刻便做」的意思。

連詞的便，是縱使的意思，應是明清口語，如《三國志演義・第九十五回》：「孔明曰：『司馬懿非等閑之輩；更有先鋒張郃，乃魏之名將：恐汝不能敵之。』謖（馬謖）曰：『休道司馬懿、張郃，便是曹睿親來，有何懼哉！若有差失，乞斬全家。』」

「即便」當作「即使」來用，源自清朝口語。此語用法偏僻，也有歧義，不知是「即刻便做」還是「縱使」、「即使」，一般作家不寫，然而大陸人彷彿有股毛澤東傳下來的匪氣，不粗鄙不用、不偏僻不用、不歧義不用。我們香港人，自己寫好中文就是，那些大陸人要怎麼寫，他們要坐高鐵，發生「一起意外」，要在車廂「即刻大便」，隨他們的便吧。

❶ 梁文道：〈空話、套話、場面話〉，《am730》，二〇一一年六月十二日。

立體交叉橋

日本有援交，大陸有公交，更有立交。負責在公路維持秩序的，是交警。在馬路上的，是立交橋，但我喜歡它的全名，太像童年的卡通片了：鹹蛋超人將雙手在胸前交叉之後，向前一推，大叫一聲「立—體—交—叉—橋！」。雙手交叉之處，發出死光，嗚嗚嗚嗚，怪獸中招之後，四腳朝天，哎呀哎呀。

許久以前，北上頻仍，當地名詞見怪不怪，交警是交通警察，立交橋是汽車天橋。交通警察在香港的簡稱是交通差，因為穿白套袖，故舊日的花名是「白蚱」（水母）。香港人總不會簡稱交通警察做交警的，因為「交通」這個複詞內的「交」與「通」是因果關係，交而後通，故此「交通」不能簡稱為「交」。「交流」也不可隨便簡稱為交，因為交與流是對等地位，正如「運輸」不宜簡稱為「運」。然而，「運動」卻可以簡稱為「運」，例如奧運、亞運等，因為運與動是對等的構詞成分。香港人不會叫公共交通做

「公交」，然而我們會簡稱公共廁所為公廁，「公」與「共」的意思，相輔相成，而廁字是可以單用的。

香港人頭腦正常，「立交橋」好難理解，怎會明明有天橋不叫，竟然叫立交橋的？行人的天橋在大陸叫「人行天橋」，為何行車的不可叫「行車天橋」？中共怕天，故此天災叫自然災害，天橋叫立交橋或高架路。立交橋的全稱是立體交叉橋，網上百度詞典的解釋，是「在城市重要交通交匯點建立的上下分層、多方向行駛、互不相擾的現代化陸地橋」。在香港，行人的叫天橋，行車的也是天橋，或指明是行車天橋，高架迴環的就叫「繞道」，既達意又文雅。

立體交叉橋、立體交叉道路這類講法，好似卡通片的星際總部。即使是指好多條天橋環繞，叫天橋系統、繞道系統就可以，不必叫立體交叉的。大陸由工程師主政，將尋常的 flyover、crossover 之類亂翻譯，中文已經有橋的觀念可以用。❶網友告知，台灣高

❶ 網友告知，立體交叉橋是來自日文「立體交差」。然而，此日文詞也是難懂，漢文不宜襲用。

雄市鹽埕見到「立體停車場」，是用機械升降台運送汽車的多層停車場❶。香港大會堂在一九六二年成立，側邊有首個停車大樓，當年就叫「多層停車場」，以別於露天的地面停車場。説橋是立體，更是傻，橋一定是立體（3-D）建築，有平面的橋嗎？更且，所有的橋都是交叉於道路或河流的，交叉的觀念也是多餘的。我們見過一條橋是平行於河流或馬路的嗎？平行於河流的橋，如濕地公園那種，叫棧道或架空路。

中國乃王朝大國，自秦漢以後，大修路橋，直道、馬路、馳道、棧道詞彙多的是。香港人好醒目的，英文的 flyover、crossover、crossing 之類的字，我們都覺得傻，毋須翻譯。大陸人在政治高壓、殘酷鬥爭和語言騙局之中生活久了，失去了正常的語文感受能力，遇到外來名詞，不會將之本地化，反而用機械語彙，將之翻譯得好似科學怪人似的。即使是自己製造的物品，如用完即棄的膠杯，大陸人也叫「一次性衛生杯」。

本店回收廢一次用飲料杯
資源回收物
請交服務人員
環保署資源回收專線 0800-085-717

後記：二〇一二年三月，隨好友到台北小遊，在師範大學區的 Kama 咖啡店，看到一個告示，「本店回收廢一次用飲料杯」，飲料杯回收之後可以在小卡上蓋印，十個蓋印換領一杯免費咖啡。雖然那個「廢」字不通，刪去無妨，但店主依然知道，「性」這個字，不可以隨便用。

❶ 英文是 automated car stacking system，機動疊車系統。

烏坎徵地，不是風波

新聞自由、傳媒自主是文明世界的守護神，傳媒用語更要謹而慎之。九七之前，香港傳媒總守住防線，九七之後，主流傳媒被親共商人收購，開始採用大陸共匪語及官方古怪譯名，大陸詞彙長驅直入。

二〇一一年九月，廣東陸豐烏坎爆發徵地糾紛，中共的村民委員會書記被村民趕走，村民自行選出村代表，組織臨時理事會，負責對外交涉、新聞聯絡及防衛與救濟等功能。官民僵持不下，汕尾市政府在十二月九日公開將烏坎村民之申訴，定性為「（事件與）在境外的某些機構、勢力和媒體與烏坎村事件確實有一定關係，把一個村的問題炒得沸沸揚揚，無限放大」（〈汕尾通報「九•二一」陸豐烏坎村事件處置結果〉，南方網二〇一一年十二月九日）。福建省工作組在十二月二十一日晚上進入烏坎村調停，翌日公安釋放拘留村民，烏坎村答應撤去阻擋政府車輛入村的路障，暫緩抗議，恢復生產秩序，再行諮議。

大陸傳媒一般稱此事為烏坎「徵地風波」，香港的報紙、電台和電視台不明就裏，也頗多沿用。❶大陸用的風波，其涵義如何，如何毒害海外媒體？請看下面自由亞洲電台十二月二十三日的新聞報道：

烏坎村徵地風波暫告一段落

廣東省陸豐市烏坎村連續兩個多星期的徵地風波，終於平靜下來。由省委高層領導的工作組，入村調解及作出讓步後，村民已取消所有抗爭行動。三名被捕村民亦已獲釋。❷

❶ 如「廣東省委強調盡快解決烏坎村徵地風波」，商業電台，二〇一一年十二月二十日。

❷ http://www.rfa.org/cantonese/news/china_wukan-12232011105618.html?encoding=traditional。

對了，風波最終會平息、平靜、平復下來的，興風作浪的人，有時候遭到嚴肅整治，有時候寬大處理，看對方的勢力範圍和群眾基礎而定。大陸的官方媒體用風波來描述烏坎的民眾鬥爭，有他們的政治立場，境外媒體照用如儀，就自投羅網了。

中國有四千年的文獻，記述官民之爭的古今詞彙，琳瑯滿目：舊的有起義、義舉、起兵、割據、自立、造反、暴動、騷亂、嘯聚山林、揭竿起義、官逼民反，新的有糾紛、鬥爭、運動、維權、抗爭、革命（維護法定權利）等等。中共愛用的風波，其構詞與風雲、風潮之類相似，本來指生活或命運中所遭遇的不幸，人事之盛衰變遷、變化無常，波詭雲譎、難以捉摸之事。鬥爭、糾紛，事後冰釋前嫌，也可以用「風波」名之。

風波用於政治描述，首先是指小事情受到輿論炒作影響而變幻無定，小事化大。一般只有「小風波」，卻無「大風波」。大風波，就是風潮、風浪、風暴了。其次，是事後總結，民意鬧大了的事情，事後就寫作無足掛齒的風波。

香港的本土新聞用語，只要不承襲官方用語，還是正常的。如中共副總理李克強在八月十八日訪問香港大學，慶典鬧出醜聞，輿情洶湧，當日香港新聞界就稱為「港大風波」。

大陸的風波並不是指這些由喜變哀、只有群情洶湧卻無人命損傷的事件。中共官方說的「一九八九年春夏之交政治風波」，是死了幾百人的屠殺。烏坎也有參與抗議的村民薛錦波被警察拘留之後致死，期間被官兵圍困，斷糧斷電，中共稱此事為風波，是不問是非，諷刺村民受人唆擺，無風起浪，官民之間終是可以化解誤會，恢復和諧的。這種帶有官方政治判斷的新聞詞彙，號稱自由的境外傳媒竟然沿用，可謂失職矣。

混跑動車，追尾相撞

周星馳《國產凌凌漆》（一九九四）之中，間諜阿漆有一柄頭尾都開得槍的「蠱惑的槍」，中國鐵道部有頭尾都開得車的「蠱惑的車」。什麼是動車（組）？我們香港所有的地鐵、火車和輕鐵，都是動車組，簡稱動車。凡是編組方式固定，火車不分頭尾，各有動力車（德文 Triebkopf，英文 power car）牽引，中間的是拖車（非動力車），不必在車站掉頭或與火車頭脱離之後再接駁的，都叫動車組（multiple units）。

動車是「動力分散式列車」（德文 Triebwagenzug，英文 multiple units, MU）的大陸簡稱，動車是列車發動車廂配搭的觀念，不是速度的觀念。動車是指動力來源分散在列車各個車廂上的發動機，而不是集中在火車頭——即是機車（locomotive）之上。由於高速火車全部採用動力分散式列車，故此時速兩百公里的是動車，三百五十公里的也是動車！用中文全稱「電動車組」或「電聯車」來思考，搭中共的高鐵，原來就是坐電聯車，如香港搭地鐵和火車一樣。例如筆者，就是天天坐「東鐵動車」再轉「西鐵動車」回校教書的。

在一個不尊重科學理性和語言邏輯的國家，有時不須看科學內涵，只看科學名詞，便知是一塌糊塗。七月二十三日大陸的高鐵列車在溫州脫軌，前車停下，後者撞上，兩車首尾相撞。大陸傳媒多用「追尾」來報道事故。「追尾」一來是科學名詞，二來也顯得粗俗，三來有文過飾非之虞。香港的傳媒一般改用「追撞」❶或「追尾相撞」，高下立見。

追尾是指同車道行駛的車輛尾隨而行時，後車車頭與前車車尾相撞的行為。這不必科學解釋，用追撞、首尾相撞便可。追尾一詞，猶如小貓小狗追噬自己或同伴的尾巴，顯得幼稚可笑。而且追尾是形容追逐的狀態，並未相撞，單看「高鐵追尾」，還以為兩架兒童玩具火車在客廳追逐，越過高山越過海灣，充滿歡樂氣氛，如嫦娥追月，淡化事

❶ 台灣傳媒也用「追撞」，如〈溫州高鐵追撞四十三死　「雷擊可能性不高」　網友：中國欲「河蟹」真相〉，台灣《蘋果日報》，二〇一一年七月二十五日。

情，有掩飾追撞車禍令百人傷亡之慘劇之虞。至於香港某電視台，報道高鐵災難受重傷的人「危重」，照跟大陸，更令人莫名其妙，我們聽過傷重、危殆、垂危，但「危重」是什麼意思？傷勢危殆又很嚴重？中文的「危」已經很重，只能在尾巴加更重的「殆」字，不能加「重」字來「追尾」的。

至於「動車」，更是離譜。時速不及兩百公里，中文叫直快、特快、城際快車就好了，不能叫「動車」的。❶「動車組」是源自中國大陸的地區性名詞。世界各地都有型號和數量眾多的動車組（MU），但它們在這些地區一般不使用「動車組」這個名稱，而是按照動力來源等分類方式被稱作「電聯車」（即電力動車組，electric multiple unit, EMU）和「柴聯車」（燒柴油的內燃動車組，diesel multiple unit, DMU）。

動車是歧義詞，有時是動力分散式列車的簡稱，有時是動車組的簡稱。中國鐵道部則將動力分散式列車簡稱為「動車組」，非常含糊；台灣鐵路管理局則稱為「多動力單元列車」，較為科學。例如，大家可以看到，香港火車的頭尾都有駕駛艙，火車在紅磡總站停車，幾分鐘就用車尾倒開出去了，這就叫動車（組）！❷當然囉，在高鐵路軌上行走的列車，都是首尾都可以做火車頭的動車（組），於是不論速度是否達到時速兩百公里，都叫動車（組）。香港的火車，全部都是動車（組）。假若你用英文來思考，大陸高鐵路軌上通行的車都叫（electric）multiple units，或者用中文全稱「（電）動車組」，你便知道這是毫無意義的名稱，但用了中文簡稱「動車」，就好像什麼鐵路高科技了！動車組是一八九〇年代就發明了的火車技術，在利物浦開行。諸位，大陸的中文簡稱，含糊其辭，你說混帳不混帳？

鐵路是工業的靈魂，而中國鐵路的術語可以如此荒唐，正是這個垃圾政權的精神寫照。用了簡稱，動車可以是「動力分散式列車」的簡稱，又可以是「動車組」的簡稱。

❶ 中國鐵路目前用的是普快、快速、特快、直快、動車（組）、高鐵、城際等命名，動車用D字編碼，排在高鐵（G字編碼）與直快之間。

❷ 此點參考自科學普及文章〈動車、高鐵，以及一些安全問題〉，《明報》副刊世紀版，二〇一一年八月七日。

頭尾兩邊都有機車的是動車組，但狹義的動車是動力分散式列車。用溫氏圖來顯示，動車組涵蓋動力分散式列車。故此，中文是不可以用「動車」的簡稱的，太含糊了，一定要用電聯車（發動觀念）、動車組（車廂連結的觀念）。

英文、德文的鐵路用語是沒問題的，他們不會用EMU來做通俗命名，一定用Express、Intercity Express、Speed Rail之類。如果用英文翻譯，在大陸搭動車，是搭multiple units，你說黐線不黐線？例如我搭武廣高鐵，如要講英文，會這樣說："I am taking multiple units from Guangzhou to Wuhan, and God, it's fast, and I risk my life for it."

混帳之外，還有混跑。高鐵因為營運費用高昂而需求不高，帳面虧損，為了吸引乘客，只好減低速度，調低票價。本年六月二十一日，新華社電，鐵道部某些路段（如武漢至廣州段）實施以時速三百公里和兩百五十公里動車組的「混跑」模式開行。堂堂的國營鐵路，不計算市值，負債都超過兩萬億人民幣了，就連名詞都弄不好。「混跑」這詞，粗俗不堪，要多混帳有多混帳，更且「跑」字也與「開行」重複，也不相襯（「跑」

是牛馬用的俗語，「開行」是工程師的科學語詞）。「換速開行」、「雙速／多速開行」，都比「混跑開行」的好。本來最準確的是「間速開行」，這話用粵語讀，沒問題的，但用普通話讀，卻與「減速」音近，雖然是實情，但未免令鐵道部面目無光，太難堪了。

在網絡年代，語詞迅速創造及傳播，假若網絡群體沒有邏輯思考和批判理論，容易被政權和財閥愚弄。我想，過了我這個橫跨書籍和網絡年代的一代人，將來就很少人有能力用準確的語言邏輯的了。特別是香港和中國，印刷媒體腐化墮落，青年人追看網絡，但網絡的高速閃動，卻無法培養深層思考力。這正是後進國家的悲哀。

（按：筆者並非鐵路專家，上述常識，都來自德文、英文及中文維基百科詞條及中文百度詞條。）

保安與安保

警察說保安，是保所有人之安，包括旁觀者、反對者之安全，是一視同仁的；警察說安保，是為了某些人之安全而保之，是區別對待的。香港警察由講治安（law and order），退化為講保安（security），再淪落為講安保（safeguarding），正是香港落入中共霸道統治的結果。

九七之前的香港警務處長，是說「治安」的，九七之後，直至鄧竟成任內，都說「保安」。時任警務處長曾偉雄，卻一反常態，說「安保」。憲政民主的法治社會，公共秩序叫「治安」，英文叫 law and order。中文的「治安」成為公共行政用語，源自漢朝，平治安定、長治久安，謂之治安，觀念也類似西方的 law and order（法律與規矩），有 rule of law（法治），才有 order（規矩）可言，否則只有臣服（obedience），無安可言。漢初，賈誼上《治安策》，論的是天下長治久安之道，不是保護皇室的安全。

治安是政治總長的工作，保安則是軍警執法部隊的工作，故此香港在英國殖民政府時期，有「保安司」之設，九七之後，改稱保安局長。保安也是古語，比起治安，少了些政治顧慮，純屬軍隊或警察執行任務：保護而使其安寧也。《三國志·卷五十五·吳書·董襲傳》云：「太妃憂之，引見張昭及襲等，問江東可保安否？」保護國土安全、人民安全，謂之保安。故此，香港私人屋苑之看更，以前叫護衛員，現在有些改稱保安員，俱是恰當之詞。

至於安保，則是中共近年的新創詞（coinage 或 neologism），並非中國本有之語。安保是安全保護或安全保障，但這是誰的安全保障呢？當然不是小市民、小住客了，官員、政要，才是保障的對象。故此香港警務處一旦用到安保的字詞，行為便不再是為了香港社會治安或保安，而是全力保護政要的人身安全，不擇手段，不顧法治了。安保之名，似是衍生自「安檢」，美國經歷「九一一」災難之後，加強機場的安全檢查（security check），中共藉故效法，中文於是有「安檢」之名（香港以前稱為「（存倉）行李檢查」、「隨身行李檢查」而已）。即使美國的機場安檢，也有剝奪人權的案例出現，故此「安檢」

並非好詞，衍生自安檢的「安保」，更非善語。九七之前，殖民政府在皇家香港警察隊建立「保護要人組」，簡稱G4，也不叫什麼「安保組」之類的，這是殖民政府時代的語文保育了。

二〇一一年八月十八日，中國副總理李克強訪問香港大學，封山封路，禁止記者採訪，限制大學生進出自由，更不得示威講話，示威的學生被警察公然推入後樓梯禁錮一個多小時，出來之後，淚流滿面。記者協會和港大學生群情洶湧，保安局長李少光久經殖民地官場，用詞自有分寸，仍沿用「保安」一詞，他「不認為警方對國務院副總理李克強訪港的保安安排，與以往訪港貴賓的部署有何不同。警務處處長曾偉雄亦強調，不論訪港政要來自何國，警方的安保原則均是一樣的」（〈李少光：李克強保安屬一貫安排〉，香港政府新聞處新聞稿，二〇一一年八月十八日）。然而，言猶在耳，其部下曾偉雄卻一馬當先，口頭說出「安保」、「核心安保區」這些香港人聞所未聞的詞彙，連大律師公會都說核心安保區乃香港法律所無。八月十八日，香港《星島日報》即時新聞報道：「警方在進行安保工作時，造成市民不便，希望市民明白，但為了保護領導人安全，有些措施是必須的，完全沒有政治考慮。他表示，尊重市民集會自由，但不可以凌駕領導人的安全之上。」（新聞標題：〈曾偉雄指李克強安保措施是必須〉。）

事情鬧大了，三日之後，香港政府的官方用詞改變：「保安局局長李少光表示，警方將在八月二十六日的立法會保安事務委員會會議上，交代有關公眾集會和遊行的處理。署理警務處處長李家超表示，行動處處長將檢討國務院副總理李克強訪港期間的安保安排。」（〈警方檢討李克強訪港安保安排〉，香港政府新聞處新聞稿，二〇一一年八月二十二日）

在法治之區，政府權力必須受到憲法及法例規限，當中，由於警察乃享有行使武力執法的政府人員，警察權力及警務行政必須依法，不能為所欲為。安保在香港法律和公共行政都沒有提過，是非法語彙，警務處長竟然用非法語彙。之前大律師公會已經質疑，香港法例並無核心安保區之名。[1]二〇一一年八月二十二日，「安保」一詞，白紙黑字，成為香港政府的官方用語。香港正式淪陷。

保安局長講保安，其下屬的警務處卻講安保，不跟隨上司的用語。香港政府已經部分成為境外政權了。安保與保安，是不同的事。八月二十九日，立法會的「保安事務委員會」傳召香港政府的保安局及警務處解釋李克強訪港之保安事宜。可惜，警察執行的是來自北京的「安保」任務，已不是境內政府的事了。

政府上下分裂，用語不一，上說保安，下曰安保，特區之政，可謂奇哉！

❶ 中共與其他共產黨一樣，專門有機構（中央宣傳部）負責製造洗腦詞彙。網友貼文介紹的捷克共產黨愚民洗腦語彙研究：http://www.radio.cz/en/section/panorama/dictionary-of-communist-totalitarianism-decodes-the-language-of-propaganda-1。

港大校長的中文，中國副總理的英文

八月十八日，港大學生向到訪校園慶祝一百週年的中共副總理李克強示威不果，被警察推入後樓梯關閉一小時，隨後校長徐立之被傳媒質詢，他說：「港大已唔再係香港嘅大學，香港大學係喺中國國土上嘅一個國際大學。」❶

這是耐人尋味的中文。香港大學不是香港的大學，當然是違反邏輯常理及儒家正名之學，然而從語用學而言，此乃比喻，寓意香港大學的使命已經超出香港，成為所謂國際大學了。然而，在中共的觀念中，香港即使在英國「佔領」時期，依然是中國領土，校長為何又要挑明，說香港大學是中國國土上的呢？中共接收香港十四年了，還不斷強

❶ 徵引自〈李克強出席百年校慶　警鎮壓學生　大學之道　大學之恥　哭港大〉，《蘋果日報》，二〇一一年八月十九日。

調香港是中國香港，反而英國在殖民統治期間，老早就放棄英屬香港的稱呼，對外只稱「香港」或Hong Kong就算，郵票也是只寫「香港」的。校長說香港是在中國國土上的，是提醒學生尊崇中國的主權及中國的官長，要人家格外留神麼？

校長在幼兒園

國際大學的期許，未免太第三世界了吧？香港在五、六十年代，仍處於新興國際城市的階段，很多公司、餐廳都以國際為名，彰顯自己得風氣之先：元朗有國際餐廳、九龍城有國際辦館和國際戲院，九龍塘有很多國際幼稚園。國際另一個講法是萬國，如萬國殯儀館（International Funeral Parlour, 1974－），但後來的殯儀館也不叫萬國，叫世界殯儀館（Universal Funeral Parlour, 1975－）了。到了二十一世紀，還在標榜自己是國際大學？這種心態，倒退了，卻與中共省級二三線的新興大學看齊。與大陸交流的結果，也許就會眼界齊一，同一般見識吧。中共副總理送予香港大學的禮物，就是中共國務院設立專項基金，補助每年一千位香港大學學生的回國交流名額。我相信，大學生回來之後，便與徐校長同聲同氣，要求將港大辦成一所國際大學了。對了，大學是「一所」大學、「一家」大學，廣東話是「一間」大學。講「一個」大學的，也許連在九龍塘幼稚園的預備班（play group）讀書的幼兒也不會的。

大學的英文university來自拉丁文universitas（全體），本來就是國際的、世界的、全體人類的，心照不宣，何須強調？正如香港就是中國的，不必強調是中國的香港。刻意強調，是把大學辦歪了，變成中國的土大學了。刻意強調香港是中國香港，是把香港治壞了，香港人離心離德，變成脱離中國的香港了。

最後，提醒徐校長一聲：國際聲譽只是起點，而且在全球金融資本主義之後，「國際」之名，帶有跨國撈錢、謀財害命的銅臭味。稍有國際視野的校長，稍為珍惜身世的學者，對大學的期許，都會説：「我們的大學不只是香港的大學，中國的大學，更是世界的大學，是人類知識的研究所……」之類。大學超越國界，是「世界」，不是「國際」。《易》曰：「修辭立其誠。」有真誠的心，才有好的修辭。修辭來自修養，看來徐立之校長窮盡一生也不會知道的——除非他讀了這篇文章，幡然醒覺吧。

李克強是技師

大學的客人李克強，學了點江澤民的風雅，也在港大百年校慶講幾句英文了。他先用中文演講，接近尾聲時，特意講兩分鐘英文：

The University of Hong Kong was used to be for China and the world. And just now, he（徐立之校長）once again stressed that HKU is a university built for China and the world. To echo the Vice Chancellor Xu’s view, indeed, HKU is for HK. Attracting talents and educating people is promote HK’s prosperity. HKU is for China. It has become a key higher education institution in China, playing an increasingly important role in China’s development and its integration with the world.

And HKU is also for the world. It has become an integral part of the world event community of advancing human knowledge. As the University of Hong Kong is proudly celebrating its first 100 years, I strongly believe that, in the next 100 years, it would be even better.[1]

重複囉唆，乾結無文，是二三流的技術官僚級的蹩腳英文，不是官長級的英文。講這樣的英文，李副總理或他的秘書露底了——儘管他說港大是 for the world，而不是 international school，仍然有點學術眼界，但往後卻說港大是為了中國的繁榮的，又自打嘴巴，將港大變成狹隘的小型理工學院，或者國防大學、法政學院之類。前面講了千言萬語，結尾是祝福港大 even better，軟乎乎的，虎頭蛇尾矣。

副總理的英文發言，用我這位前任香港小官員的水平，可以修訂如下：

The University of Hong Kong is a university for China and the world at large. I won't

---

[1] 徵引自〈李克強英文發言賀港大百年校慶〉，《星島日報》網上即時新聞，二〇一一年八月十八日。

call it a Chinese university, because we already have it in Hong Kong and I should rather mention it in a separate occasion. The role of the University of Hong Kong as a university for China is particularly true in these recent decades, as it brings the world closer to China through academic exchange and knowledge transfer.[1] In the years to come, I trust the University will bring China closer to the world.

這裡玩了一下兩所頂級大學競爭，Oxford-Cambridge 式的學術玩笑，也留下一句後代可以徵引的名言：HKU brings China closer to the world。諸如 integration with the world 這類低級的技師英文（technical English），也用 bring...closer to the world 的貴族英文取代了。這是香港政府一位退任小官員的文書水平。

唐英年是垃圾

最後，也提一下唐英年的英文。八月十九日，記者以英語追問，有批評指有關保安安排違反言論自由及新聞自由，唐英年不以為然，以英語嚴辭指摘有關批評「完全是垃圾」（I think that is completely rubbish that we have violated civil rights, nor have we violated freedom of speech, because every single activity of the Vice-Premier has been covered by the media.）。❷

句子是很長的複雜句，而且有貶義副詞的倒裝（adverbial inversion），造句的技師本領看似不錯（但開頭要用 We have not violated civil rights），但 completely rubbish 一詞，就配錯了：completely 是三音節的詞，rubbish 是兩音節，completely rubbish 的重心，就在 completely，而 completely 的 complete 是有褒義的聯想的。正確的配詞，是用單音節的形容詞，sheer rubbish 或雙音節的 utter rubbish，兩者都可，讀音的輕重，配襯好就是。用 sheer rubbish，sheer 之後要略停；用 utter rubbish，則可連珠炮發，不必停頓。口講

❶ 這裡用學術交流和知識轉移的詭詞，避免了中國要依賴香港的指責。

❷ 徵引自〈唐英年：完全垃圾　回應警方侵犯言論自由批評〉，《明報》，二〇一一年八月二十日。

completely rubbish 在文法上可以接受（嚴格應說 complete rubbish）❶，但這種狠話，政客不能輕率亂講。不講假話，也用詭辯自我保護，唐英年可說 It is totally ungrounded to accuse us of violating all civil rights 即可。（按：留下餘地，必要時可承認政府略有侵犯人權。）

這些修辭，是在 John Milton 的詩、莎士比亞的劇、丘吉爾的演講詞學的，文法書只能教 nor have we... 的 adverbial inversion 而已。更何況，權貴階級是不屑賣弄這些花俏的英文倒裝句的。這是工人階級子弟顯露英文知識的句子，屬於班門弄斧之類。

唐英年在上流社會和國際場合講了幾十年英文，這些語音節奏和英文風格都不掌握，比起李克強這位團派土幹部，更不入流了。

《明報》
二〇一一年八月二十五日

❶ 美國人口語是 "It sucks." 英國人的口語講垃圾是 crap，如說 "He is talking crap. It's a load of crap."、"It's nonsense."。可惜，另一高官保安局長李少光，在唐英年之後，就奴才學舌，講 totally rubbish，犯同一的錯。

港大校長的中文水準

二〇一一年八月十八日，中共副總理李克強訪問香港大學，警方保安嚴苛，禁制學生示威，惹來輿論譁然，香港大學校長徐立之於二〇一一年八月二十三日在《明報》刊登署名聲明，承諾：「我們必當恪守自由、開放、多元化傳統，繼續邀請來自不同領域、不同國家、不同範疇的領袖人物，為師生帶來啟發、衝擊，讓世界認識港大，讓校園繼續充當一個綻放不同意見、不同文化的平台。」（見本文附錄第八段）❶又讓、又不同、又繼續、又平台，只一句話，就集洋化中文、共黨中文之毒於一身，可見「功力」非凡。

「恪守」已有必須之意，「衝擊」的英文impact是平義詞，在中文卻是貶義，帶來「思想衝擊」才是平義詞。「充當」是貶義或自謙，「承擔」才是平義。平台是機械中文，

❶ 原文見香港大學公關部：http://www.hku.hk/hkumedia/818/c_bulkmail2.html；刊登《明報》之聲明，見 http://www.hku.hk/hkumedia/818/documents/20110823_Ming_Pao.pdf。

舞台、園地才是雅詞。各家學說不是「綻放」的，而是「融會」的。「百花齊放」已是好好的成語，化成「各種思想綻放」，也不會增加多少科學性。

大學校長必須言語文雅，以為表率，聲明之句，大可改為：「本校恪守自由開放之傳統，一貫以來，廣邀賢達，融會各國精英之見，種種範疇之思，以期師生有所啟迪，使校園百花齊放，亦使世界略沾港大風采。」

通觀校長的聲明，除了諂媚權威的道德問題，也犯了新聞稿的大忌，就是包攬太多，言多必失。他的文稿，好像三合一的即溶咖啡粉一樣，或者像某牌子的兒童朱古力豆，「一次過滿足三個願望」：

一、澄清校園保安是警務處代理的，撇除校方責任；
二、解釋是次典禮為何安排不周；
三、交代為何有些校友不能獲邀出席觀禮。

他的目的只有第一個，其餘都是多餘的，賣豬肉附送豬頭骨，自討沒趣。真的要講，可另發內部通函（internal circular），不能外政內務，一併來講。

第一段是王婆賣瓜，自讚自誇，說香港大學「作為中國土地上最國際化的大學，港大有責任為內地高等教育與國際接軌作出貢獻」。首先，這得罪了北大與清華，復旦與交大，也僭越職分，「內地高等教育與國際接軌」的工作，是國務院教育部的工作。

第二段，說大學未有籌辦同類慶典的經驗，這是說不過去的。大學就是研究與嘗試創新的地方。況且辦的只是喜慶事，有什麼難辦的？

第三段，說大學安排學生與李克強副總理近距離見面，沾沾自喜，是當香港學生是大鄉里了。李克強連總理都不是，更不是美國總統一類的人物。

第四段，是無謂的官腔。學校禮堂又不是紅磡體育館，座位有限，當然無法邀請所有港大成員啦。

第五段，是放棄校園自主。即使警方要派員保護，也必須低調進行，一旦發現陣容超乎想像，校方必須叫停。

第六段之後，才是聲明的主旨，然而卻示人以弱，寫得好像被騙似的。聰明睿智如大學校長，也被人騙倒，還好意思宣之於口？做大人物，要知所進退，犯下大錯，就知道終局（end scenario），必須辭職，然而在辭職之際，也要為自己及機構挽回名譽。警方的保安規格及對待示威者的手法，既然超出校方的期望，校長就毋須客氣，反正辭職或被人勸退，是必定的了。

以大學的格局，聲明至少要做到這樣：

言論自由，念茲在茲❶

二〇一一年八月十八日，香港大學邀請中國副總理李克強主持本校成立百週年慶典，期間警方派出保安人員規模之龐大，處事風格之嚴峻，出乎本校預期，亦違反當初之默契，於梁銶琚樓驅趕及推撞示威學生，此舉無疑禁制校園言論自由，令本校震驚，令輿論譁然。本校已向警方提出嚴正抗議，敦促徹查此事。一校之長，失策若此，令百年老校蒙羞，正宜引咎解職。至於何時離任為合，本人將與校董會商議。

本校恪守自由開放之傳統，一貫以來，廣邀賢達，融會各國精英之見，種種範疇之思，以期師生有所啟迪，使校園百花齊放，亦使世界略沾港大風采。是次百週年盛會而發生言論自由受挫之事，同仁殊感遺憾，謹向各位嘉賓致歉，本人重申，言論自由、學術自由乃大學之生命所寄，本校同仁將夙夜匪懈，念茲在茲，繼往開來。

香港大學校長徐立之

二〇一一年八月二十三日

❶ 牢記某人或某事於心，念念不忘。語出《書經・大禹謨》：「帝念哉！念茲在茲，釋茲在茲。」

附錄：香港大學校長徐立之公開聲明（段落編號為筆者所加，以便評論）

我們的承諾

大學師生是校園主人

港大是言論自由堡壘

一、香港大學邀請國務院副總理李克強，率領教育、科技等部門主要負責人來訪，出席港大百周年校慶典禮，展示大學各方面的成就，促進香港與內地的交流及了解溝通。作為中國土地上最國際化的大學，港大有責任為內地高等教育與國際接軌作出貢獻。

二、這是首次有國家領導人出席大學的重要典禮，大學未有籌辦同類活動的經驗，加上籌備過程緊迫，我們必須承認，活動的安排有欠完備。我們虛心聆聽師生、校友和社會人士的寶貴意見，我們會檢討整個典禮的籌備工作，汲取教訓，切實制定一套合適的禮儀及保安規格，以確保未來在籌辦同類型活動時，充份反映公開、平等參與的精神；執法人員在校園內履行職務，必須尊重大學的自主地位，並讓不同意見得到充份表達的機會。

三、典禮的出席人士約六百人，主要分為學生、教職員、嘉賓、訪問團成員，約四十位海內外的校長和學者。學生方面，由於活動籌備時間相當匆促，需要大量學生協助籌組工作，所以通過學院辦公室和宿舍學生會、以及「學生大使」、「綠袍導賞」等計劃，招募二百多名同學當學生助理，其中有八十多位參與了典禮。我們亦有安排學生代表，包括學生會會長、研究生會會長、校務委員會及教務委員會的學生代表等，跟李克強副總理有近距離見面。教職員方面，我們向所有助理教授級以上的老師及主要行政和後勤部門發出電郵邀請。嘉賓方面，我們邀請了各項百周年活動參與籌備的人士，當中包括不少校友。

四、由於典禮的場地陸佑堂座位所限及時間緊迫，這次活動沒有公開邀請所有港大成員登記參加。雖然我們安排網上直播，數家電視台亦作出即場轉播，希望讓更多港大人及市民與我們分享典禮，但事後看來，我們承認這種安排有欠完善，定當再細思應如何改進。

五、大學校園的保安人員編制，並無能力符合領導人來訪所需的保安規格，所以只能倚靠警方的專業經驗及判斷，在校園內作出適當部署及調動。然而，活動當日在校內的警力規模之大，是出乎我們的意料。

六、對於有學生在梁銶琚樓地下示威期間，遭受警方推撞，我們認為，警方當時處理示威的力度和手法，導致了不必要的肢體衝撞，令學生被推倒地上，絕對不能接受。警方表示會對是次行動進行檢討，這是有必要做的事。我們已去信有關當局，與警方聯絡作出檢討，確保日後在校園內不會有同類事件發生。

七、我對當天同學與校友在校園裡表達意見時遭遇不愉快的事件，深表遺憾。身為港大校長，對未能防範此事發生，我表示歉意。我在此保證，大學師生是校園的主人，港大永遠是言論自由的堡壘。

八、我們必當恪守自由、開放、多元化傳統，繼續邀請來自不同領域、不同國家、不同範疇的領袖人物，為師生帶來啟發、衝擊，讓世界認識港大，讓校園繼續充當一個綻放不同意見、不同文化的平台。

九、我們深切體會大家對港大的期許、香港人對自由開放精神的珍惜。

十、香港大學，今日為香港、為中國、為世界而立，前面的挑戰絕不簡單。我們一直在反思港大的使命，並致力與大家共建未來。

香港大學校長徐立之

二〇一一年八月二十三日

民國的警察廳公函

胡適的〈紀念「五四」〉(一九三五)一文記載❶，一九一九年五月五日，兩千多名學生被關在北京大學法科理科兩處，北河沿一帶紮了二十多個帳篷，有陸軍第九師步兵一營和第十五團駐紮看守。六月四日，警察廳致北京大學公函如下：

逕啟者：

昨夜及本日迭有各學校學生一二千人在各街市遊行演說，當經本廳遵照五月二十五日大總統命令，派出警員盡力制止，百般勸解，該學生等終不服從，猶復強行演說。當時地方秩序頗形擾亂，本廳商承警備總司令部，為維持公安計，不得已將各校學生分送北京大學法科及理科，酌派軍警監護，另案呈請政府，聽候解決。惟各該校人數眾多，所有飲食用具，應請貴校速予籌備，以資應用。除函達教育部外，相應函請查照辦理。

八年六月四日。

中文急救

六月五日，各地學生罷課，上海罷市，消息傳到北京，政府在當日下午放人。

民國初年，雖然是軍閥當權，政局昏亂，朝政還是有些舊時綱紀。因警力不足，警察與軍隊職責混同，但警察總長的公函，仍是依足官箴，有規有矩。今日即使專政的中共公安當局或服膺法治的香港警方，也寫不出如此勇於任事、有理有節的公函。若非中國江山落入共黨蠻夷之手，中國的國格、百姓的顏面斷不會如斯不堪，以致國家崇洋媚外，人民無地自容。

警察總長解釋，遞捕學生，是接到徐世昌大總統五月二十五日的命令❷，不許學生

❶《獨立評論》第一四九號，一九三五年五月四日，北平。載於周策縱等著《五四與中國》，台北：時報，一九七九。

❷ 原文作黎元洪，有誤，蒙中華書局（香港）有限公司編輯出版部副經理黎耀強先生來函指正，今修改之。黎先生引述《觸摸歷史：五四人物與現代中國》（廣州：廣州出版社，一九九九）第一九八頁，徐世昌乃前清翰林出身，主張偃武修文，尚算優禮文人。五月四日，當學生從天安門前往東交民巷時，大總統徐世昌派步軍統領李長泰前來勸阻。學生很客氣地對李說：「我們今天到公使館不過是表現我們愛國的意思，一切的行動定要謹慎，老前輩可以放心的。」（《晨報》五月五日），可見學生們對總統代表仍是尊重。李長泰也並不對學生的行動有過多阻擋。這種政府和學生之間的溫和關係，在「火燒趙家樓」事件之後結束。

遊行演說，擾亂公共秩序。警察執法的時候，盡量避免有辱斯文，盡量勸解學生，可惜學生不聽，但又不能緝拿歸案，扣留或下獄，只好借用學校的法律學院及理學院的地方，搭建帳篷，將學生拘禁，派軍警監護，再呈請政府，依法商議如何善後。事件之中，即使是警方的一面之辭，也顯示警察不可違法逮捕學生，也不能將之扣押，只好用柔性的方式，用校規及軍警監護的方法拘禁之。警察廳向政府尋求解決之餘，更向學校當局請求包涵及協助，也函達教育部察照。警察部與教育部同屬政府部門，權力互相制衡，警察拘禁學生，必須另請諒解。

當時的徐世昌政府，承接袁世凱逝世、張勳復辟而民國崩潰之局，風雨飄搖而官場規矩依然森嚴，朝廷綱紀懸而不墜，官長處事有理有節，面面俱圓，警察不會行使強權，但也不會坐視不理，而其臨時措施，都是情商執行，後來政府受到輿情壓迫，下令放人，警察總長撤走帳篷及軍警，學生便自由了，警察廳的顏面、政府的顏面也保存了。拘禁之時，學生仍在校園享用校內伙食，不會有鄉親或同學到警察部要人或叫冤。一紙軍警公函，盡見禮樂文明。那是烽火連天，國體飄搖之時的官威。《詩經》有云，「周弱而綿」。周朝的面貌文弱，文明卻是綿長不斷。外邦人即使如何凌辱舊中國，舊中國的文人與官長，都有令外邦人肅然起敬之處，朝廷大臣（mandarin）的稱呼，並非浪得虛名。

上文之警察廳公函，有提及學生示威，然而國務總理簽發之令，只提「不逞之徒」，隻字不提及學生，一來可保轉圜之餘地，二來可免鎮壓士子之惡名。政府層級不同，用字之寬猛有異，當年去古未遠大臣人人知之，今日則成大內秘術矣。

附錄：

大總統鎮壓反日運動令

（一九一九年五月二十五日）

大總統令：近日京師及外省各處，輒有集眾游行、演説、散布傳單情事。始因青島問題，發為激切言論。繼則群言泛濫，多軼範圍。而不逞之徒，復借端構煽，淆惑人心。

於地方治安，關係至巨。值此時局艱屯，國家為重。政府責任所在，對內則應悉心保衛，以期維持公共安寧；對外尤宜先事預防，不使發生意外紛擾。着責成京外該管文武長官剴切曉諭，嚴密稽察。如再有前項情事，務當悉力制止。其不服制止者，應即依法逮辦，以遏亂萌。京師為首善之區，尤應注重。前已令飭該管長官等認真防弭，着即恪遵辦理。倘奉行不力，或有疏虞，職責攸歸，不能曲為寬假也。此令。

國務總理內務總長錢能訓

陸軍總長靳雲鵬

中華民國八年五月二十五日

（北洋政府公報　一九一九年五月二六日第一一八八號）

《明報》
二〇〇九年十月五日

梁振英「讓」些什麼？

梁振英在二〇一一年十一月二十七日宣布參選，粵語演講的結尾，說「現在的香港需要適度有為，穩中求變……不必轟轟烈烈，只要認認真真，推動施政向前，讓全社會受惠」。❶梁大官人的「讓」，用粵語或中文，應是令（令到）、使（使到、使得），這個「讓」字的用法，是胡語，不是粵語。

「讓」字若是全動詞（full verb），意思就是「讓」字在漢語本來的意思：「責備、禮讓、避免、躲避、放棄」之意，若然只是動詞語綴（verbal affix），就要按照語境來推敲其意思，有致使、使得、令到之意，也有被動的意思（如：這杯茶讓他碰灑了），語義介乎英文的 let it happen，make it happen，have it done 之間，語義輕巧，是可以隨便張口

❶〈梁振英：爭取七百萬人支持　穩中求變　街頭籌款體現市民參與〉，《明報》，二〇一一年十一月二十八日。另外，溫家寶在孟加拉說得很清楚：「我有一個夢，讓十三億人民生活得好，讓每年兩千四百萬新添勞動人民有工做。」

便說的百搭語綴。

所謂語綴，是不能獨立成詞而產生意義的，要依附於其他動詞的，或者獨立存在的時候，語義含糊不清。這些語綴，漢代以前的古漢語很少，當代的北方話極多，南方話較少。根據台灣語言學家張華克在《漢語的地位》一文的考證（見《中國邊政》第一五三期，二〇〇一年九月，網上可讀），「讓」字的動詞語綴來自胡語。所謂胡語，就是阿爾泰語系（Altaic family），與漢語從屬的漢藏語系不同。

漢末，南匈奴歸附漢朝，與漢人混居和通婚，令漢語混雜，宋元之後，中土相繼受到蒙古人及滿洲人統治，阿爾泰語的口語習慣混入漢語，令北方話漸漸成為胡漢混雜語。動詞語綴的「讓」字，來自蒙古語的「er」的語綴。蒙古語的名詞變格附加成分「er」，一般稱為工具格或用格的部分。「er」與「讓」字兩者讀音相近，名詞後綴前移，就變成北方口語的「讓」的用法。

漢末、晉末、宋末、明末，漢人因為胡人入侵漢土而南遷，避居閩粵，故此閩粵之漢語保有古風。粵語口語絕少來自胡語的語綴（讓、着、什麼之類），但近年因為普通話南下，學校和官府放任北方口語入文，香港的大官人、文人和那些惺惺作態、用粵語講北方官話的人，講出「讓區議會發揮功能」之類的話來，報紙也不慎登出古文與胡語混雜的文章標題，例如〈豈可讓區議會淪陷？〉（《明報》，二〇一一年十一月六日）。既用文言，就不要混雜胡語了。改成「豈可坐視區議會淪陷」或「豈容區議會淪陷」，豈不更好？

這些來自胡語的語綴，日常在市井里巷與哥兒們調侃，用來傳遞模糊感情和微妙心理很好，更有隨便説説、試探之口氣（tentative mode），大夥兒打哈哈、碰肩膀，不必一臉正經，這些近代白話，在説書、雜劇和白話小説大派用場，宋朝的白話文學、説唱文學，元朝的雜劇和戲曲，就大大得益於這些來自胡語的語綴，令大眾文學有了新的語言和句式變化，傳達活潑又細膩的感情，也令填詞配樂可以加減語綴，靈活襯字。然而，公文（實用寫作）與公開演説必須簡潔清晰，這類語義稀鬆、含糊曖昧的北方口語就要行人止步，不能亂用了。中共頭目和香港官人在公開演說愛用「讓」字開頭，除了顯示自己粗鄙無文之外，也使其言談名不副實，語義無可稽考。

是故，教普通話並不能幫助香港學生寫作，即使是寫小說、劇本，裡面的白話也不是口語的普通話，而是精煉的文學白話，語文修養來自明清與民初白話文學之閱讀，而不是用普通話瞎聊天。更何況香港社會的中文寫作以實用文書為主，普通話堂學來的北方口語，無補於事，反而累事。讀好古文與白話之經典，才是正經。

補記：梁振英當日感懷身世，說「人窮志不短」，卻不說通行的「人窮志不窮」。用語展露性格，人窮志短（dyun^2 高上聲）用仄聲收結，合乎貶義；人窮志不窮（kung^4 低平聲）用平聲收結，合乎褒義。此人喜歡改詞拗聲，上台之後，恐怕是拗相公一名，王安石是也。

《明報》
二〇一一年十二月一日，刊登之後增潤

我們的課本怎麼了？

香港的教科書貴價，古已有之，但其質素之低，卻是於今為烈。網友貼來一段解釋何謂法治的香港通識課程讀本，令好多人徹夜難眠。題為「什麼是法治」的通識讀物，如此開始：

> 法治是一個涵義深奧的觀念，「法」指法律，即國家訂立不同規條來限制人們的行為，「治」指管治。「法治」的基本涵義便是依照法律來管治國家，使社會得以正常地運作。社會上任何人的行為均須以法律為依歸，法律亦會清晰地界定人與人之間的關係，保障個人的權利和自由。與此同時，政府的權力也源於法律，其行為受到法律的制約。
>
> 根據香港資深大律師湯家驊於《談法治‧釋人權》一書的界定，法治的核心包含了對憲法的尊重、司法獨立、政府受到法律的約束、法律必須公平地、前後一致地應用、法律應具有透明度、任何人都可以明白和引用、以及人權的保障等概念。它們均是法治

的基礎，也是法治社會的必備條件。（《高中新世紀通識（教師專用課本）》「單元二•今日香港」1.1節〈甚麼是法治？〉，齡記：二〇〇九，頁八十七。）❶

第一段，幾乎句句皆錯，從概念、語文，甚至標點符號，都用錯。有些更是大錯特錯，寫常識的書，要寫成這個錯樣，毫不簡單。假設著述者讀過大學，假設出版社有編審人員，試問要幾多胡混的大學教育，幾多疏懶的編審人員，才可以釀成這種大錯？

第一句，「法治是一個涵義深奧的觀念」。思想可以深奧，但概念不可能深奧。既然是概念，無論幾複雜，都可以條分縷析，講個明白。更何況，法治是可以輕易講個明白的概念，否則，怎會有這麼多現代國家實踐法治？第二句，「國家訂立不同規條來限制人們的行為」，法律不是規條，寫「國家訂立法律來限制國民的行為」即可，不必寫「不同」、「各種」之類的形容詞，否則就好像政府用法律管制人民到了無所不用其極的地步。

中文的法治，雖然有「法」和「治」的構詞元素，但法是憲法加法律，治是治理的治、天下大治的治，不是管治的治。略述了「法治」的構詞之後，語言解釋完結了，就不可再在法治加以引號，令法治繼續成為語言學談論的語詞，而不是日常使用的詞彙。行文的標點符號用錯了。

法治的目的是維持公義，它是不理政治後果的，它不是要令社會正常地運作，更不是要任何人的行為均須以法律為依歸，法律更不會清晰地界定人與人之間的關係。這樣解釋的，其實是惡法統治，所謂法制主義（legalism），rule by law，而不是法治（rule of law）。人的行為是用信念、正義、道德和倫理風俗為依歸的，法律只是最低標準的保障（雖然一國之立法多數會遵從其倫理道德，做到所謂「以法達義」），在發生衝突的時候

❶ 第三段：法治是香港政治制度的基礎，它有助維持社會的穩定和政府的公信力……。書的資料：顧問：趙志成，作者：馮潤儀、麥君榮、謝振雄、胡翠珊、林楚菊、洪松勳、陳奕偉。編輯：邱曉方、王東亮、招錦芬、張施源、陶潔瑩、陳錦輝。

此段文字由王陽翎（于飛）於二〇一二年五月十日上載。

的補償和救濟，是社會規範（social norm）的最後防線，並非最高的行事典範。此外，課文用詞不精確。保障個人的權利和自由的，政府的權力的來源，是由於憲法，而不是由於法律。

要解釋法治概念，用憲法（立憲）與憲政（行憲）、司法獨立、尊重判決、遵從既定條文及形式邏輯、修改憲法及法律等概念來解釋就可以，普通法國家的法治觀念，歐陸法國家的法治國（德文的Rechtsstaat）觀念，也可一提。

法治就是法律高於一切（Law reigns supreme），無人可以淩駕法律（no one is above the law）。法官按照法律條文、案例及其法學素養而詮釋法律，任何人必須尊重判決。即使法律不合理，法官也要依照現行法例判決，執法機關依法院判決而行，不得濫用私刑。例如往昔有一宗判決，法庭判處執行繯首死刑（問吊），但期間繩索絞斷而犯人下墜生還，執法吏只可依法放人。及後，法庭判令「執行繯首死刑直至氣絕身亡」，以補其漏。如要修訂不合理或不合時宜的法律，必須依照法律的修改程序進行，新立之法，不能治舊時之「罪」。（「罪」字加引號，以示非罪。）

課文第一段用誤導法，用法制主義取代法治，第二段用零散法，將法治觀念打散，令簡單易明的概念不能傳播及傳承，破壞香港制度的基石。

課文一開始就講法治是深奧的，卻不能講深奧在何？之後就掉落到膚淺的依法治國的法制觀念，而不是治國以法的法治。

課文第二段徵引湯家驊的著作，企圖補回缺漏，即使內容符合法治，也是不合適的。一來首段的謬誤觀念已成，學生先入為主，再徵引也於事無補，二來應該徵引權威的、經典的法治觀念的書，如維基百科介紹的阿爾伯特・戴西（Albert Venn Dicey, 1835 – 1922）的經典著作《憲法法律研究介紹》（*Introduction to the Study of the Law of the Constitution*, 1885）。該書開放版權，網上可讀，列出的法治三大元素，簡單易明。第一個元素，沒有人會因為違反尚不存在的法律而受到懲罰，或是在肉體上或財物上有損失。亦即是說當權者不能擁有肆意的權力（arbitrary power），也不能在有人做出某行為之後立法，然後用回溯性（retrospective）的法律修訂而懲罰某人。第二個元素，沒有人能淩駕於法律上，包括所有男女，不論其社會地位或其他情況。第三個元素，是法庭的決定是維護個人權益的最後防線。

這三條，就將政府的權力、人民的權利、法律規限與行事自由，界定得一清二楚，概念毫不深奧。再追溯羅馬法、英國的光榮革命與君主立憲，法國盧梭的社會契約論（民約論）及聯合國人權公約，就從歷史發展上講解了何謂法治。我並非法學家，憑常識就可以講出上面的概念。原因是我讀的是中學的舊學制，有可靠的史學知識、科學邏輯和文學教育。中學的新學制不是不好，而是要做到開放思想的教學，必須維繫高質素的課文、參考書和師資。否則靠這類胡混課文，學生囫圇吞棗，以訛傳訛，就誤將馮京當馬涼，以為法治就是中共講的依法治國，以為法治社會就是警察國家（德文的Polizeistaat）。

通識科並無指定課本，是「允許開放取材教學」，教育局審批課本之後，納入名單。想做到「無標準讀本，無標準答案」，然而課本水平之低，卻造就了言論紛紜而莫衷一是的討論，結果就是令社會失去理性共識，任由專權政府統治。這不就是政府取消基本科目，另立通識科的目的嗎？

《明報》二〇一二年五月十七日，刊登之後增潤

民國啟蒙——讀鄧康延《老課本 新閱讀》[1]

七八年前，與《信報》編輯周淑賢閑聊，回憶童年時讀的小學課本，比對課程改革之後的新課本，驚覺童年課本乃民國課本之香港版，優美的白話、樸素的插圖、忠孝節義的教誨、天真爛漫的童趣，農圃之樂[2]，山川之美，都被殖民地政府巧妙地融合在本地課本裏。課本保留故國之思，減去的，是民國時代的愛國激情和破舊立新的狂妄。後二者，在今日看來是稚嫩的，也是危險的。

在鄧康延編著的《老課本 新閱讀》裏面，讀到〈老鼠開會〉，眾鼠決議為貓掛鈴鐺而無人承擔任務的童話，如見故人；讀到〈愛國〉、〈用國貨〉之章，見民國人之急功近利而不明學理；讀到〈去迷信〉之章，就見急速現代化而缺乏耐性理解風俗之狂妄。[3]香港之老課本，有前者而無後者。香港之幸，正是此地保有民國趨新之利，而無有民國革

舊之弊。民國熱，在大陸熱了好幾年，老課本也用簡體字橫排本的方式重版了，我一本都沒買來看，免污吾目。楷

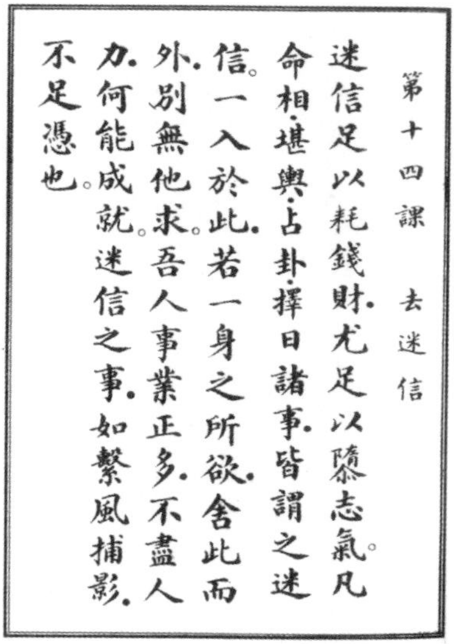
第十四課 去迷信

迷信足以耗錢財．尤足以隳志氣。凡命相．堪輿．占卦．擇日諸事．皆謂之迷信。一入於此．若一身之所欲．舍此而外．別無他求．吾人事業正多．不盡人力．何能成就。迷信之事．如繫風捕影．不足憑也。

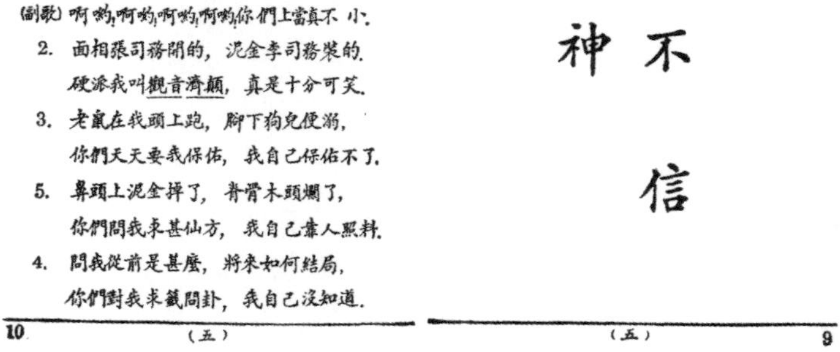
我不信鬼神
破除迷信
1. 木頭是我的骨頭，泥土是我的皮肉；你們對我燒香跪拜，我真莫名其妙.
(副歌) 啊喲，啊喲，啊喲，啊喲，你們上當真不小.
2. 面相張司務開的，泥金李司務裝的，硬派我叫觀音濟顛，真是十分可笑.
3. 老鼠在我頭上跑，腳下狗兒便溺，你們天天要我保佑，我自己保佑不了.
5. 鼻頭上泥金掉了，脊背木頭爛了，你們問我求甚仙方，我自己靠人照料.
4. 問我從前是甚麼，將來如何結局，你們對我求籤問卦，我自己沒知道.

❶ 香港：天地圖書有限公司，二〇一一年初版。

❷ 前書，頁六十一的〈果園〉，說家中之果，美於市上。頁六十七，〈鄉人〉一章，說農人耕田自給，生計安穩。

❸ 前書，頁一四三。該書附送的《模範公民》第八冊（一九三三）影印本，也有《破除迷信》一歌（頁九至十），嘲笑廟裏的菩薩自身難保，求來作什麼。

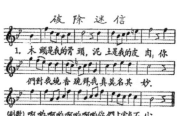

書直排的民國老課本，除了圖版之外，被中共出版法律強制之下，換成了簡體字橫排本，頓有蠻夷當朝、河山破碎之感。鄧康延醉心收集和閱讀民國課本，他在香港版〈補序〉說，編著的民國老課本得以在香港以正體漢字直排出版，「或許更接近原來的文本氣息。沒有意識形態和文化政治運動的割裂，民國的童年和港台的今天，在語境上更為接近。」

清通的語文

民國新舊交替，去古不遠，用的語文也有天趣。我童年的香港中文教科書已是彩色革新版，但父親和隔壁黃婆婆教我在《通書》（俗稱《通勝》）讀的《增廣賢文》、《朱子治家格言》等啟蒙讀物，用的白描圖畫和楷書體，就如民國老課本。楷書體，用的是唐朝歐陽詢的法帖。這種楷體，台灣公務機關常用，在台北街頭的毛筆招牌題字，舉目都是。香港殖民政府部門的題字，愛用宋楷刻印體，多了機括，少了儒雅。

民國小學課本無標點，靠字體的起伏斷句，偶有押韻，如下面一章❶：

天初晚
月光明
窗前遠望
月在東方

第二十九課 初晚 光 遠望 東方
天初晚
月光明
窗前遠望
月在東方

這是《共和國教科書新國文》（一九一二）❷第一冊第二十九課，小學初班的課本。文章靠字句對仗斷句，由三字句遞進到四字句，自然隔斷，毋須標點，符合中文口語的習慣，符合《詩經》三言、四言交替的古風，也承繼了王朝時代童蒙教本的《三字經》（三

❶ 前書，頁十九。

❷ 商務印書館發行，前清進士張元濟等撰寫。一九一二年六月初版，至一九二二年三月，十年之間，重印一四一七次，銷售八千萬冊。數字引述自鄧康延之書，頁二九二。可見此書影響民國心靈之大。

言）與《千字文》（四言）的章句。「窗前遠望」與「月在東方」押韻，以「方」字的平聲收束。寫這樣的課文，當時的人是不須太多思索的，因為他們童年讀的就是古書，去古不遠。

至於在課文圖版下面做箋注的鄧康延的文字，我讀了幾則之後，就不想讀下去，多是東施效顰、狗尾續貂之作。他編撰老課本，並在書後與中共的新課本比對，用心良苦，也有懺悔與自新之志，可惜中共將國人的性靈與語言摧殘太甚，病入膏肓，無藥可救。比如上述一章，鄧的感言就是：「望月的人，讀課本的人，百年後再讀這一課的人，可能都會覺得，還是中國的月亮圓。難以解釋。最著名的漢學家能翻譯出『雞聲茅店月，人跡板橋霜』的味道嗎？有些計量，不在眼，在心。」

課文是天真爛漫，不言而教，鄧先生的解說卻是遁入共黨愛國主義和東方神秘主義去了。讀了，就領會中共教出來的人的愚昧無知與矯揉造作，他們再讀多少民國老課本，恐怕也救不回來的了。

真誠的傳道

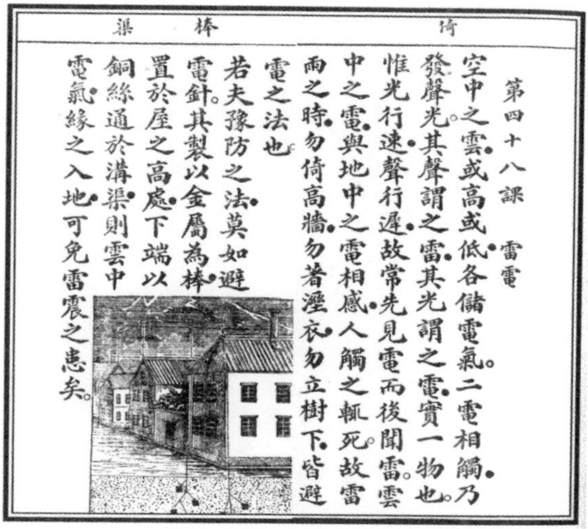

倚　棒　渠

第四十八課　雷電

空中之雲。或高或低。各儲電氣。二電相觸。乃發聲光。其聲謂之雷。其光謂之電。實一物也。惟光行速。聲行遲。故常先見電而後聞雷。雲中之電。與地中之電相感。人觸之輒死。故雷雨之時。勿倚高牆。勿著溼衣。勿立樹下。皆避電之法也。

若夫豫防之法。莫如避電針。其製以金屬為棒。置於屋之高處。下端以銅絲通於溝渠。則雲中電氣。緣之入地。可免雷震之患矣。

我童年的科學書，用的都是淺白文言，也是承繼民國遺風。例如〈雷電〉一章，說「空中之雲，或高或低，各儲電氣。二電相觸，乃發聲光。其聲謂之雷，其光謂之電，實一物也。惟光行速，聲行遲，故常先見電而後聞雷。……故雷雨之時，勿倚高牆，勿著溼衣，勿立樹下，皆避電之法也。」❶妙用古文的對仗與遞進的句法，解釋物理與雷電自保的常識。〈棉〉的一章，是現代科學的植物誌，行文卻如明清

❶ 前書，頁一〇三。

的風物誌。❶

我最喜歡的一章，是《共和國教科書新國文》（一九一二）第六冊的第一課，題為〈人之一生〉，課文如下：

人之一生，猶一歲之四時乎。春風和煦，草木萌動，一童子之活潑也。夏雨時行，草木暢茂，一壯年之發達也。秋冬漸寒，草木零落，則由壯而老，由老而衰矣。然冬盡春來，循環不已，人則老者不可復壯，壯者不可復少也。語曰：「時乎時乎不再來。」願我少年共識之。

這是小學高年級的課文，今日看來艱深，往日的兒童以小學畢業為準，課文如老者向少年教誨，讀之有益。課文寄託了「天人合一」、人之生老病死與四季的榮枯更替一體的儒家精神，更有天地永久而人命有期，天人不能合一的悲嘆，以老人的口吻，勸諭少年珍惜青春，自強不息，如祖父囑咐兒孫。這是真誠的傳道啊。

後記：民國兵荒馬亂之際，仍可出此教本，勝於香港今日。我常有願望，重新編訂此類教本，保其文采、印刷，將內容革新，傳予香港下一代，可惜時間與精力不足。即使構思了的《古文選讀》，稿本都做好了，也擱置三年未能動筆。

《明報》
二〇一二年四月二十日

❶ 前書，頁九十五。

棒打官府中文

孫明揚的語境

教育局長孫明揚在立法會宣讀「微調」中學教學語言工作之方案，在議事堂誇誇其談，教人如何學習外語：「要成功學習一種外語，有兩個重要元素：一是學習的動力，二是語言環境。學校正可提供一個非常合適的語境讓學生接觸英語，以補足校外的語境。」滿口妖言，傳媒卻照用如儀。

孫氏是泛論語言學習，說學習「一種」外語，是受到英文的「learn a language」的精神枷鎖，擺脫不了「a」，偏要說「一種」不可。難道要學習兩種外語的話，竅門就不同了麼？英文泛論事物（generic reference），陷於形式語法，無法用「learn language」，只可用不定冠詞「a」來表達，中文沒這形式語法限制，「外語」前不加字說明數量，不是「一門」外語或是「眾多」外語，就是泛指外語矣。

元素的元，乃大本、氣魄之意，如元氣、元首、乾元之元，本身就有重要之意，意味甚至過之。因此，毋須在元素之前再加形容詞（modifier）。如有頗多元素要比較，則可以用「重要元素」，不過，如果元素眾多而無一重要，則該用因素（factor），而不該用元素了。故此，孫氏應說「有兩大元素」或「有兩個重要因素」，而不應拿「重要」來與「元素」錯配。然則，此等詞義錯配，正是官僚病理心態之反照也。再者，論學習語言，適當的配詞（collocation）是訣要、竅門等，而不是元素。一開口就錯，再添再補，也是枉然。

「成功學習」是多此一言，學習自然就是要學到成功的，難道有些人是為了失敗而學的麼？「成功學習一種外語」，囉囉唆唆，以前靈格風公司（已結業）的廣告，「學好外語」四字足矣。同理，「合適」的環境已經足夠，「非常合適」的環境，過猶不及，令人懷疑是否有反諷的言外之意。

其三，給予語言環境（language environment），使學子浸淫其中，舉目所見，充耳所聞，皆是外語，是沉浸論（immersion theory）之外語教學觀，雖是一家之見，也無不可。可惜，語言學自有其術語規範，語言環境不能簡稱「語境」。語境是context的公認漢譯，行之多年，民初翻譯為「上文下理」，簡稱「上下文」或「文理」，今多採用「語境」為標準漢譯。教育局員工編制龐大，屬下的課程發展處之內，應有語言學家，豈可犯此幼稚錯誤？若真的要簡稱「語言環境」，免卻囉嗦，提過一次之後，說「環境」便可以了。

其四，補足（complement）與補充（supplement），在邏輯上是不同的觀念，不可因為補足看起來「高級」一點，便用補足來涵蓋補充的詞義。相反，一般日常用法而言，「補充」的涵蓋面是大於「補足」的。補充是原本提供的條件不足，故此要多加一些，補救不足。補足是原本提供的條件已經足夠，不過未能全面遍及其他方面，故此要多加一些額外的東西補足之。補充是雪中送炭，補足是錦上添花。

至於那個「讓」字，是北方口語，又往往與禮讓的「讓」混淆，即使在推行白話文的民初年代，文人、文官都不用，應以「使」、「令」、「致」等意義清晰的雅詞代替。

今將孫氏的鬼話改為人話如下：

「學習外語，訣要有二。其一是學習動力，其二是語言環境。校外的語言環境不足，則應在校內提供合適環境，補充所失，使學生可以多方面接觸英語。」

《明報》
二〇一一年七月十一日

新詞與舊詞——信納、身份證與牽掣

《增廣賢文》云：「讀書須用意，一字值千金。」不論中外，尊重傳統的文人，讀書用心體會古人用意，精警之處，字斟句酌，務必學問到手，自己寫文章遇到疑難，也會反覆推敲，引經據典。

「禮失求諸野」，上世紀八十年代，在香港中文大學的英文系上作文課，造句謀篇，都用《牛津大辭典》追溯詞源，參考歷代作家範文，並用詞彙庫（例如《羅傑詞林》，*Roger's Thesaurus*），觸類旁通，選出合適詞彙。現在有了網上英文詞典，參考詞源和近義詞更方便了。十幾年前，在德國訂閱英文《時代》雜誌，彼時網絡新聞仍未面世，報紙雜誌仍是當道。有一期的編輯感言，說某些精緻的雜誌文章要經過三十幾度文字校閱方才面世，令我驚覺西人文事之精。英文文章之典雅多姿，是人家付出努力維繫傳統而來的，相反，很多中國人卻自貶身價，以為寫國文，就不必查詞典了。

不論寫作還是翻譯，也要借助辭書以核證詞義、更新語彙或發明新義。目下香港，很多原有的中文古雅詞彙丟失，代之以洋化的機械語。新造的詞彙，也不符合中文的構詞法則，弄得不倫不類。偏偏造詞的是政府當局，新詞硬要社會依循。現代政府掌握的法制權威和傳播力量，大於王朝，王朝中國的文化在於世族與庶民，不會流失，今日被現代的文盲政府統治，反而無可抵抗而文化淪亡。

鑑賞廢棄，另造「賞析」

近年港人失去語言信任，出現不少複合詞，如某些報章不說政策評論或政策分析而說「政策評析」❶，中文科目的評論習作也用「賞析」一詞，取代以前的欣賞或分析。這些複合詞，猶如兒童注射的混合疫苗，一次過搞掂，然而兒童卻要一次承受多種疫苗

❶ 如張炳良在《明報》的專欄「公共政策評析」，二〇〇九年九月九日。

刺激之苦，引致今日的兒童頗多過敏症。複合詞之設，別樹一幟也，貪多務得也，蠱惑人心也。例如評論，必以情理，分析必已包含在內，毋須強調。強調評論有分析的內容，即是將「評論」貶抑為胡言亂語，乃有另造「評析」之必要。報章也採取如斯用語，可謂自絕門路也，自掌嘴巴矣。

同理，詩詞文章之欣賞，必也要道出原委，如恐怕學生自說自話，可用「品評」、「鑒賞」之類，毋須另造「賞析」，況且此複合詞與一通行詞「賞識」於粵語同音，易生混淆。另造「賞析」，即已將「欣賞」貶抑為個人癖好，毋須解釋，然而「欣賞」絕非如是，古人即使是片言隻字之眉批，也有理在。為人師者，當返本復正，而不是如政客一般，搖風擺柳，游詞詭語也。學生聽不聽由他去，我不自亂本原。

香港人的身份證

以前殖民地政府在上世紀六七十年代為了清拆市區周邊之貧民木屋，騰空土地發展，自造「徙置」一詞，翻譯 re-settlement（安置），中文意謂「遷徙」者同時獲得「安置」，即使是蠱惑人心，然而港英政府也言出必行，「徙置」與「徙置區」（廉租屋、公屋之舊名）之詞，可算是安民之新語。相比中共今日用的「拆遷」與「動遷」，政府殺氣騰騰，貧民人心惶惶，港英當年用的「徙置」，高明得多了。政府用詞失禮，一切政治都免談了。

殖民地政府發的香港居民身份證，寫的是「身份」而非「身分」，既是符合粵語發音，也是妙用政治語言。份是有份、一份、股份的份，粵語讀的是第二聲（高上聲），讀如麵粉的粉，身份用份字，表示這個地方是我有份的，香港有我的一份，意涵的公民身份是強調權利的，如有權享受憲法保護、公民權利和社會福利。昔日難民避秦，偷渡來港，取得的是香港身份。香港政府早在一九九一年頒布《香港人權法案條例》，把《公民權利和政治權利國際公約》適用於香港的條文收納入香港法律，廢除一些與之牴觸的過時苛法，保障人權。❶

❶ 香港的人權法案頒布得比英國的人權法案還要早。香港屬於普通法地區，以香港為試行點，英國也可以參考。

身分無疑是舊寫，粵語讀的是第六聲（低去聲），讀如「分子」的「分」，是職分、緣分、盡本分、分內事的分字。身分用分字，強調的意涵是義務和責任，如為國盡忠、服從法令之類。國民義務，是你的本分。明白這個意涵差異，便明白為何香港寫身份證，台灣寫身分證❶，大陸雖然寫身份證，然而大陸的人權意識及國民權利意識低下，「身份證」徒具其名，其意涵仍與「身分證」無異。大陸在一九八四年四月六日，國務院發布《中華人民共和國居民身份證試行條例》，發居民身份證，但大陸很多人恐怕不知身份證與身分證有何分別。

大陸人只有「身分證」

香港回歸之後，二〇〇一年，葉劉淑儀當保安局長期間，政府公佈智能身份證的設計，諮詢公眾，第七版的設計圖，將新簽發的身份證的字樣更改為「身分證」，香港作家陸離女士馬上抗議，認為不宜亂改，將人字偏旁減去，國學家饒宗頤先生更考據「份」字在宋朝已通用。份字有辨義之功用，身份毋須復古為身分。港府見參與抗議者眾，只得從善如流，恢復寫「身份證」。❷參與抗議的人，只覺得不宜改字，沒了人字偏旁不好看。沒設想到，去了人字偏旁，意涵大大不同，「人」權奪去了，原本強調公民權利的身份，改為強調公民義務的身分了。

粵語有十聲，音調豐富，很多微細的差別，都可以用變調來辨別清楚。相反，普通話只有五聲，音調貧乏，不能從音調辨別「身份」和「身分」的差別。從讀音上無法分辨，就少了動力，要另外創造新詞來辨義❸，甚至取締其他方言區的新詞，將詞彙簡化，例如將「身份」及「身分」統一為「身分」。❹

❶ 台灣的「身份」是有社會地位的意思，過於褒揚，如有身份的人，故此仍用身分。

❷ 陸離打了三千多個電話、集合了五百多名社會各階層人士如張文光、鄭經翰等的支持，甚至自費在《信報》登了半版廣告，保安局最終決定採用身「份」證。陳曉蕾（訪問），「陸離　愛恨如大水」，載《明報周刊》，二〇〇三年十一月十五日，期數不詳。摘自陳曉蕾的網誌：http://leila1301.mysinablog.com/index.php?op=ViewArticle&articleId=484679。

❸ 例如粵語講腕表（手表）的表，讀音是「標」，不讀「婊」，普通話則手表與代表的表字，皆同音，故粵人多將手表寫為「手錶」。

❹ 同理，手錶的「錶」字，北方的普通話是分不清與「表」字有何分別，於是便取消滬語區和粵語區通用的錶字。

份字好勁。於粵人而言，中國我有份，香港我有份，這家公司我有股份，我有份話事，這個份字的讀音，與身份的份字讀音是一樣的。有人字偏旁的身份證，強調的是權利，不是義務。講普通話的人，拿到身份證或身分證，在聽覺上是沒分別的，在語義也難以覺察其精義。若是北方官大人，很自然會覺得這群講「鳥語」的香港人無聊鬧事，為何要堅持身份證那個份字呢？

聲調的微細分辨，聯繫到權利與義務的天大差別。粵語源自秦漢古音，比普通話之近代新音，遠為繁富，你說，粵語要不要保育？你說，假若香港人的下一代只識得普通話，會不會愈來愈糊塗？北方的官大人要用普通話掃除粵語，將方言驅逐出公共空間，官府、電台、學校不准講粵語，使大雅之粵語淪為私密之部落語、鄙俚之市井語，這難道不是法西斯議程？愚民教育乃中共之大政，「推普廢粵」❶，真的是個偽議題麼？

「管」與「有」，竟可匹配

回歸之後，特區政府的公共用語水準大跌，而且走入邪路。過去殖民地政府也有司法新語，如擁有、持有、藏有等，有些是固定的詞彙，容易理解。即使是新造，擁、持、藏，都是靜態（static）的動詞，與靜態的「有」匹配。「有」字一般作靜態用，如客觀的景物描述，設有兩個球場、鋪有三十幅草皮、植有五十株樹等。然而新詞「管有」卻造得不合理，管是動態（dynamic）的，不能與靜態的「有」匹配。

官府不敢「信服」人民

另一個荒謬之詞，是「信納」。信納是信服與接納的複合詞，然而，信服不也包含了接納麼？即使是法律上「信服」之義不足，將舊詞在司法過程中使用，引申其義，日後

❶ 二〇一〇年八月四日，廣東省委書記汪洋公開回應此前的保衛粵語運動，「我都在學廣東話，誰敢廢粵？」更痛批有廣州人說政府在廣東「推普廢粵」，他認為是偽命題，子虛烏有。

自然水到渠成，更何況頗多司法用語仍以英文為準，中文伙拍多年之後，自可取得新義，這是老英國的經驗主義、漸進主義之風，可惜不合香港新朝的胃口。《晉書•裴秀傳》有「信納」一詞，只是信任、任用、委以重任之意，如「軍國之政，多見信納」或「尊尊親親，信納大臣」，顯非港府今用之義。港府之「信納」，只是 approve 及 accept 等英文之新譯，舊譯「核准」及「採納」。濫用之下，證券公司也用「令人信納的」（賠償保證）來翻譯 satisfactory（idenmnity）了，舊譯是「令人信服的」。信納難道比信服更貼切易明麼？

本來延展現存的詞彙的詞義，很多新的情況都可以應付過來的，毋須遽然另創新詞，應以改良、漸變及官民互動為本。回歸之後，香港政府偏離經驗主義政風，趨向官僚唯理主義（bureaucratic rationalism），以官僚統制為主，政府自以為事，不斷自創新詞（coinage），特別是背離傳統構詞學的用法，意圖蠱惑民眾，令民眾屈服與官方的語言思維，放棄民間的語言自主權。

牽制大犬

以前在《中文解毒》約略談過，漁農及自然護理署在郊野公園公告「牽引你的大型狗隻」(Leash your large dog)一詞的漢譯。告示附帶圖解，告誡犬主不得縱放大犬(見附圖)。用中文講，應是「大犬須由主人牽引而行」，簡說「大犬須牽掣而行」或「牽掣大犬」。❶「牽引大型狗隻」，讀來猶如牽引大型機器，是僵化的官僚中文。略查中文詞典，便可瀏覽到拘牽、牽絆、牽引、牽制、牽掣等近義詞。牽掣是牽纏受制，行動不能自由之意，如《三國志・卷四・魏書・三少帝紀・高貴鄉公髦紀》云：「或沒命戰場，冤魂不反；或牽掣虜手，流離異域。」亦作「牽制」。英文leash的動詞詞義，

❶ 參閱拙著《中文解毒》，香港：天窗出版社，二〇〇八，頁七十五。

是用狗帶栓住，引申為控制、制止、規限之意。

再查執行之法例，第一百六十七章《貓狗條例》的條文，規定「有三個類別之狗隻需要作配戴口罩，或者狗帶牽引規管」❶。法例「牽引規管」之意，恰好就是中文原有的詞彙「牽掣」之意。稍有保育國語之心，都會在中文詞典找到牽掣或牽制一詞。兩者也不是什麼生僻之詞，政府活用，此詞便重新流行。只有怠惰的譯員，才會單靠英漢詞典做翻譯的，更何況大陸出版的外文詞典，漢譯文句累贅洋化，不忍卒讀。官員不學無術，怠惰成風，公共語文之淪落，政府責無旁貸焉。由民主政治到公共語文，要牽掣的，又豈止是大犬？

《明報》二〇〇九年九月二十一日及
《蘋果日報》二〇一〇年八月十五日，合併及增補

❶ 格鬥犬之類。

開倉與派糖

古有開倉派米，今有開倉派糖。此處之糖，粵音讀高上聲，如躺臥的躺，是指派錢不多，聊勝於無，猶如派發零食糖果的意思。讀唐，低平聲，則是糧油糖鹽的糖，乃不可或缺之日用糧食。

年來，香港通脹肆虐而政府盈餘及儲備豐厚，政府卻無動於衷，不見有救濟貧困之舉。二〇一一年二月二十三日，曾俊華公佈財政預算案，了無新政，於是傳媒頻頻抨擊財爺「派糖」不力，要財爺多派些糖，紓解民困。曾俊華也複述「派糖」之詞，不加批評。

香港歸政於中共之後，政府之妖士，以詭詞擺弄民眾，屢見不鮮，傳媒不察，原文照錄，於是散播謬種，貽害蒼生。「進修」改為「增值」、「竊聽」改為「截聽」、警方向示威者「發射」催淚彈改為「施放」催淚彈、「撲殺」家禽改為「銷毀」家禽，俱是有迹可尋，筆者也曾為文述之。然而，有些文詞改動，卻是神不知鬼不覺，令市民習以為常，即使侮之辱之，也無知無覺。官府擺弄文詞之術，至此可謂陰毒矣。

每聽見派糖這個詞，我便覺得政府和傳媒欺人太甚。人民不是討糖食的饞嘴小孩，盈餘和儲備是全民共享的，政府只是託管人，窮人只是要取回寄存在公家的財富，不稀罕大老爺的糖果施捨。更何況，貧民現在缺的是衣食住行，很多家庭飯菜也成問題，糖果何用？

回歸之初，香港經歷金融風暴，梁錦松任財政司之際，一九九七年九月，香港受資產貶值及聯繫匯率之害，百業蕭條，輿論呼籲政府用公共財政政策救濟貧苦，當時呼籲政府的用語是「開倉派米」，梁錦松也重申政府不會「開倉派米」。這是香港政府仍算是老實使用詞語的年代。開倉是沿自漢代官家的太倉和民間的義倉，太平之年積穀防饑，艱難之日開倉賑濟。九七之後，香港變成思想混亂、詞語混淆的地方，開倉一詞流行之後，百貨公司和專賣店，factory outlet 清貨減價，也胡說是「開倉」，彷佛是救濟顧客。一個很好的詞，流行之後，便因濫用而消耗，變得面目全非，平白損失了一個詞彙。

梁錦松在財政預算案提出增加首次汽車登記稅之前，因偷步買車的騙稅醜聞而下台。梁錦松之前，財政司是曾蔭權，香港經濟經歷金融風暴，也漸漸恢復元氣，曾蔭權便玩弄數字，公佈預算案之前，便放言財政有赤字，公佈之際，民眾始知道有盈餘，財政司便給一些小恩小惠，於是傳媒歌功頌德，說曾蔭權順應民意，理財有方。高高舉起，低低放下，政治詭術叫這做「期望管理」（expectation management）。由於曾蔭權經常玩弄盈餘遊戲而作態薄施恩惠，傳媒便叫曾蔭權做「聖誕老人」，甚至暱稱之為「聖誕權」❶。受聘於人民的公僕成了施恩於民的大施主、大善人。

曾蔭權出任特首，每逢政府財政預算案前後，輿論和議員呼籲「派糖」之聲不絕，

❶ 一九九八年金融風暴之時，時任財政司的曾蔭權誇下海口，說當年之聖誕就會復甦，而被《信報》專欄作家曹仁超諡稱之為「聖誕權」，後來此綽號轉為派錢之意。

偶爾才用中性的「派錢」。人民要的是取回官庫內的米糧，不是要向官老爺乞討糖果。有好好的開倉、派米不用，偏要説是派糖，傳媒再不檢點用語，便是當人民是無知小兒，甘願受辱了。

後記：本文刊登之後，報章的頭版新聞及社論都改派糖為派錢，如《蘋果日報》頭條新聞〈財爺屈服　派錢六千元　退稅六千元　市民先贏一仗　周日再上街〉，二〇一一年三月三日。《信報》頭條新聞〈財爺「轉軚」派錢　恐開壞先例　派錢息民怨　財爺失方寸〉，二〇一一年三月三日。《明報》頭條新聞〈人人六千　派錢派出血　三招耗四百二十三億　被轟短視亂花錢〉，二〇一一年三月三日。《明報》同日社論：〈預算案風暴三敗壞　請曾俊華考慮去留〉：「財政司長曾俊華就預算案紓困措施爭議，七日之內作一百八十度轉變；為求救火，曾俊華徹底打倒昨日之我，破天荒式派錢，違背公共理財原則的要求。對曾俊華個人而言，威信掃地；對政府而言，不但威信受損，也顯示失去管治意志。」蔡子強的評論〈換來「看不起」而非「尊重」的派錢〉。

漏網之魚

曾蔭權一日在位，都令我的中文解毒工作，長做長有。十月十三日下午，他宣讀施政報告之後，現身記者會。記者問及他倡議的「關愛基金」，他說：「現時香港雖然有一個相當完整的綜援制度，幫助殘疾人士和需要幫助的人士，但這些計劃總有些『漏網之魚』，沒法幫到他們。」翌日上午，他出席電台烽煙節目時，重提「漏網之魚」，叫人不得不懷疑，關愛基金的受助人也許要提供很多個人資料，以便日後可以陷入類似八達通的資訊網羅之中，終生不得出網。

少年特首，也許無心向學，以致語文差劣，但身邊的新聞官或政務官也經歷政府的語文考試吧？豈可毫無語言常識？漏網之魚是比喻僥倖逃離法網的人，逃犯是也。直接的引例，是明朝張景的曲文《飛丸記》第十三齣：「着城門上盤詰火速，城外快張榜牘，分付鄉村市鎮着實捱捉，他道是漏網之魚，我視他兀❶上之肉。」亦比喻驚慌逃離危險的人，「着草走佬」是也。元朝鄭廷玉《後庭花》第二折：「他兩個忙忙如喪家之狗，急急似漏網之魚。」亦作「漏網游魚」、「漏網魚」之類。

此成語之出處，是司馬遷《史記‧酷吏列傳序》。太史公序文引孔子之言，說：「道之以政，齊之以刑，民免而無恥；道之以德，齊之以禮，有恥且格。」法律只是制裁的工具，並不能達致太平，要太平治世，必須用禮義教化。漢朝的治安好過秦朝：「漢興，破觚而為圜，斲雕而為樸，網漏於吞舟之魚，而吏治烝烝，不至於奸，黎民艾安。」意思是說，漢朝初始，將秦始皇的酷刑廢除，簡化法令，如同削除外在的雕飾，露出內在淳樸的本質，而漢朝的法令以寬容為本，法網寬大得很，吞舟之巨魚都能輕易漏掉，結果百姓自由自在，官吏的政績日見起色，人民不再作奸犯科，生活安定。

綜援用了西方的社會保障的「安全網」的比喻❷，順理成章，港府便有「綜援網」的講法。綜援的安全網外的人，便是硬着陸、砰一聲跌落地的墜樓人。「漏網之魚」有既定意義，不可亂用。真要救助綜援網外的人，合適的詞語也不是滄海遺珠，而是廣施博濟，鉅細無遺。

《am730》
二〇一〇年十月十九日

❶ 兀，粵音屹（ngat^{6}），高突而平，此處是指禿山之意。

❷ 此西洋典故之網，應是架在樹上接果之網，與中國的捕魚之網不同。如採橄欖，便在樹梢綁一網，敲打樹枝，使橄欖之果墜落網中。

先乜後物

無心論政，但政府推出「置安心資助房屋計劃」，簡稱「置安心」，宣傳俗稱為「先租後買」，倒令我茶餘酒後，多了笑話。正式名稱是食字爛gag，不登大雅之堂，卻很配合雞鳴狗盜之徒，包括政府高官和坐待利益輸送之地產商。此計劃乃政府與房協合作推出五千個中小型單位，以市值租金租出予符合資產審查之市民，最長五年，租戶可在指定期限內以市價購買房協單位或私人市場單位，可獲已繳租金的一半作首期資助。然則，容許自由買樓，形同政府補貼市民買私樓，地產商無端端得到一批新客。

政府默許的俗稱，先租後買，道盡此計劃之蠱惑。粵語「先乜後物」的構詞，有不公平交易、防範小人或賠本之意，多非好事。王朝時代，最慘情的是「先斬後奏」，即使由包青天執行，今日看來，也是無法無天。綠林草莽的「先下手為強，後下手遭殃」，是有殺錯、無放過之狠辣手段。❶ 普通朋友之間的交易，彼此缺乏信任，處處提防，叫「先小人後君子」，令君子與小人都不安心。兩國邦交不好，要做好最壞打算，叫「先禮後兵」。唯一想到有好意頭的廣東諺語，是「先苦後甜」，但也是苦樂參半，構詞不及「苦盡甘來」的令人寬懷。

構詞「先乜後物」之變種，是「未乜先物」，也不是什麼好事。王朝時代，未見官先打八十大板，是濫發官威，小民冤哉枉也。未老先衰，是備受藥材店呵護的虧佬顧客。未紅先驕，則是令經理人反感和棘手的小明星。「先使未來錢」，是借貸消費。唯一有些微好意的，是「未曾真箇已銷魂」，即使吊癮，無法一親香澤，也是回味無窮也。

幾十年前，讀的英文中學，用英文教數學，當中有代數題，要計算折扣之類。當年要死記的，除了中文的七折八扣，換成英文是 less 幾多個巴仙之外，就是 hire-purchase 這個英文字。此字中文翻譯為「分期付款」。當年香港買樓是一筆過清付的，樓宇也是整

❶ 至於「先姦後殺」，更是令人髮指，天地不容之罪惡。

座或全層買的，不是分開單位買的，更未聞樓房貸款之分期供款。分期付款，只用來買電視機、洗衣機之類的電器。當年美金仍未脫離金本位制，貸款難求，是故分期付款是要支付利息的。當年，香港的生意人和行政人對中文仍有發自內心之感應，知道「先乜後物」不是什麼吉利語，於是不直譯 hire-purchase 為「租買」或「先租後買」，而是意譯為「分期付款」。分期付款之意義，清晰平正，簽了電視機的買賣合約，電視機捧了回家，只是電器用作貸款之抵押品，再分期連帶利息攤還予店舖而已。當中，根本不需要 hire 的觀念（——當年有純粹租電視機的服務！），只有 purchase（購買）和 loan（借貸）的概念，分期付款比起 hire-purchase 更合乎合約的內涵。

一九五三年聖誕夜，深水埗爆發石硤尾寮屋區大火，五萬三千名災民無家可歸。港英政府為了盡快為災民提供安身之所，火速在原址附近設立「徙置區」（resettlement area），興建「徙置大廈」（resettlement housing），俗稱七層大廈。一九六二年，港英殖民地政府推出「政府廉租屋計劃」（Government Low Cost Housing Scheme），簡稱廉租屋，後改名「公共屋邨」；一九七三年，港府推出「居者有其屋計劃」（Home

Ownership Scheme），簡稱「居屋」。這些老名詞，都是有根有據，誠實不欺，甚至呵護關懷。「居者有其屋」的名稱，竟是脫胎自孫中山《三民主義》的社會主義思想：耕者有其田。擁有生存所需的田地房產，是人的基本權利。撫今追昔，今日香港官員政治語文意識之淪落，心術之不正，可見一斑焉。

《明報》
二〇一〇年十月二十日

釋出善意論

以前讀過化學，知道什麼是釋出。燃燒硫磺，釋出二氧化硫；投擲臭蛋在地，釋出硫化氫等臭氣。臭屎一桶，於舊日的農戶而言，是充滿善意的，屎愈臭愈能夠肥田，但農戶也要密密蓋住，就怕它在不適當的時候，釋出「善意」。

人對人的善意，政府對人民的善意，又不是臭屎，理應大方顯示，愈早顯示愈好，友誼愈綿長，社會愈和諧。然而，語言癌腫是會上腦的。即使到了違背原意、自我嘲諷的地步，習慣了程式中文和工程語言的人，也會照講如儀。近日的例子是北京向香港民主黨的政制改良方案忽然開綠燈，「釋出善意」，令民建聯等建制派人士錯愕非常，無法調整身段。善意與好意，如果已在心中，應說是「示好」、「顯示善意」，陳套語是「伸出友誼之手」，怎會小心翼翼收藏，鬼鬼祟祟釋出，將一眾支持者殺個措手不及的呢？

在公開場合與人為善，善人固然如此，即使遇到橫逆之事，善人也會盡力與人為善的。聰明的惡人，為了樹立和善形象，也會自我克制，與人為善，廣結善緣，《三國演義》裏的曹操便是。要挑選時機釋出善意，有兩種情況吧。第一種情況，是弱勢者在談判時恐懼被人看出軟心腸，被壞人利用，於是先要收藏緊密，時機成熟了，鄉親父老都來了，才敢恢復本來面目，一下子將善意示人。第二種情況，是本來沒有善意的，實在需要顯露策略性的善意運作了，誘惑或矇騙一下民眾，便啟動善意生產機制，如混合化學劑一樣，製造善意，如煙霧一樣的釋放出來。

奸惡而虛偽的統治者，總會笑臉迎人，好話說盡，以便好處撈盡。只會大奸大惡而又愚昧的統治者，平日惡形惡相，有求於人或要陷人於不義，才會向民眾釋出善意的。每逢讀到民建聯或親共者說，「中央釋出善意」，甚至在報紙上讀到全版廣告，說「中央釋出最大誠意」❶，我都不期然笑了出來。集權政府自我侮辱，令人發笑，豈不是做了

❶〈政改達致多贏局面　中央釋出最大誠意〉，全版廣告，楊志強撰文評論，《信報》，二〇一〇年六月二十一日，頁十三。

善事？

然則，要他們改口，説示好、顯示善意，又太難了一點。畢竟要洗心革面，如此講話，才是自然。假扮善心，對集權政府來説，也是不好，人人都上門來討善意了，應接不暇啊。中共又不是民主政府，不須向人民乞求選票，這份勞心的工作，還是省了吧。反正有香港的政黨爬牆鑽洞，趨前乞求點滴善意，那就把善意收得緊緊的，到了最後關頭，才把它釋放出來，像扔臭蛋一樣，令民主派內訌分裂，也令建制派調轉槍頭呵護民主黨，氣急敗壞一回。此乃周幽王烽火戲諸侯，過癮也。有人以為北京「心戰」了得，將香港民主派玩弄於股掌之中，我則認為是聰明反被聰明誤，人算不如天算。諸位，好戲在後頭。

《蘋果日報》
二〇一〇年六月二十七日

民主就是不包容

於選舉制度而言，民主是公開爭逐的場所。政黨可以轉型，政客可以轉軚，但必須自己承擔責任，向不向選民交代因由，悉隨尊便，但不可叫選民「包容」其轉軚，或散播語言迷霧，用文辭蒙蔽民智，說民主制度的精神就是包容。

只有暴君或昏君才會叫人民包容。民主制度，正正就是不包容。否則民主制度與封建帝制何異？選民在盤算之後，會用選票懲罰變節的政黨或議員的。有時即使領袖有功於社稷，但由於時代不同，民眾也一樣用投票趕領袖下台。二次大戰時期，英國首相丘吉爾縱橫捭闔，言辭激昂，但戰後的和平時代，丘吉爾的功用過去了，英國選民便用選票轟他下台，避免他成為有執政期限的暴君。❶精於權謀韜略與密室政治的領袖，戰時

❶ 正如戴高樂將軍奠下法國的第五共和基礎之後，法國人就不需要他老人家萬壽無疆，長年執政。

或可衛國，和平時期也許禍國殃民。

包容是用於自由的概念上的。民主制度，人人有權參選，偏激者、變節者、敗德者，通通可以自由參選，由選民決定輸贏。社會上的自由，就是包容多元意見和寬忍異類行為，甚至脱法行為，例如街頭醉酒、行乞、露宿、擺賣、賣藝、未經申請而集會抗議等，在自由社會，即使法律不容，只要做得不過分，並不無理取鬧，民眾一樣包容，執法當局也酌情包容，不隨便懲處。公共空間要有自由，便要略為包容，你不用便不許人家用的話，大家便不能使用公共空間，於是成了只有警察和保安員管理的禁地，香港成為無聲色、無怪異的潔癖社會了。

民主制度的基礎，是憲政與共和，憲政是人民制定憲法保護人權和公民社會；共和是議會上的執政黨和在野黨要信守君子約定。在野黨可以撒野和撒賴，做出脱法行為，但執政黨不能隨便用法律來檢控或用情報機關來整治；在野黨一朝執政，也要持守同樣的約定，這叫執政黨的寬容。遇有重大決議，如對外作戰，金融防禦等，各黨激辯之後，也會停息紛爭，並肩作保衛之戰，此亦是共和原則。在和平時期，寬容或包容，是在野黨、無權力的小市民向政府要求的，不是有權勢或即將執掌權力的政黨向選民要求的。香港民主黨說「民主就是包容」，簡直荒天下之大謬！搞了幾十年民主運動，也弄不清基本概念。

政黨有溫和持平的，也有偏激和基進（radical）的。議會有左中右政黨的組合，彼此制衡，便令社會的理性得到多方面的詮釋，不會出現「以理殺人」的唯理主義（rationalism）。政黨個個向中間靠攏，離棄意識形態分野，令選民無可選擇，絕非好事！過去幾年，西方國家的新自由主義經濟思想橫行無忌，缺乏其他政治經濟理論的制衡，最終引發財經詐騙、金融海嘯，蠶食百姓財產。香港的政黨發展，需要的是更多的偏激和基進，選民需要更多的投票選擇，而不是個個充當溫和持平，勸阻或詆毀激進行為，令到無人挑戰財閥壟斷，無人為小市民出頭。

《蘋果日報》
二〇一〇年七月二十五日

從量變到質變的謬論

孫中山從事革命，毛澤東專搞奪權。革命是質變，從帝制專權到民主共和，政制的性質變革了。奪權是量變，一點點地奪，用「打土豪、分田地」的説辭蒙蔽百姓，派間諜滲透到敵方陣營，以農村包圍城市，等待危機，奪取政權。毛奪取政權之後，並無建立民主共和，他建立的是官僚專政的體制。到了鄧小平，國有化的經濟垮塌了，便建立官僚資本家專制的體制。此中，共產黨的説辭是「從量變到質變」。這是自相矛盾的鬼話，是一句明顯在邏輯上犯駁的詭詞，但用來蒙騙人民群眾，卻很有用。

這句謬論，最近來了香港，並且出自民主派的遊説者口中。我出身農牧工會宣傳範圍的香港農村，在土共的教育圈長大，見到這類詭詞在回歸之後的香港流行，毫不覺得奇怪。香港民主黨的革命理想，於政改風雲之後，已經成了奪權的説辭。斯文一點説，是香港民主黨要向政府和土共分享權力；殘酷一點説，是民主黨告別革命，走向奪權，圖謀以其右翼的政治經濟學的黨綱，成為中共和香港財閥的本地民意代理人。

從量變到質變，是馬克思的唯物辯證法的通俗演繹。若讀者不像我，幼年讀馬列出身，且容我用鬼話解說一下。事物是一分為二又互相轉化的，有客觀的規則，但也可以靠人的主觀能動性來改變。事物的性質，用度量來分，假若過了某個度量，事物的性質便變了，這是從量變到質變。例如將室溫的水，慢慢冰凍到零度，水的液體性質便變為固體性質，我們可以觀察由量變到質變的過程。

這是詭詞。水的性質未變，仍然是H_2O，水並未有什麼質變，只是我們的定義和觀感改變了。改變語言定義，令說辭無法被否證（falsify），看來無可辯駁，正是極權者的語言。

講怪話的人說，將功能組別的區議會成員部分，用人民一人一票的間接選舉的方法來「溝淡」，便可以令功能組別全然質變為民選了。然而，區議會成員的選舉是由區議員提名和參選的，其間接選舉的性質並無改變啊！量變不能引致質變。舉例，杯子內有油與水，水的份量比油多，油不能溶於水，但兩者之間有些黏結，化學上稱為乳化劑(emulsion)，通俗來說，可以稱為「水油」。我們不斷加添油的份量，令油比水多很多了，便可以稱之為「油水」。然而，這杯內的溶劑，性質改變了嗎？未改變，仍然是乳化劑。

如果你接納「水油」和「油水」的通俗名稱，而不屑動腦筋，接納科學的乳化劑的名稱，你就一輩子被政治詭詞愚弄。民主與科學，是現代社會的兩大基石。科學精神和邏輯思想不通行的社會，民主也沒希望，因為意欲奪權的政客，會不斷推出詭詞，鞏固其集權政制和掠奪式的經濟制度。頭腦不精明，註定一世窮。

《蘋果日報》
二〇一〇年七月四日

溫水煮蛙與思想植入

強制性質的愛國教育，山雨欲來，二十三條立法也吹響號角，輿論重提「溫水煮蛙」論了。

溫水煮蛙的比喻，據説源自美國康奈爾大學的青蛙實驗。科學家將青蛙投入沸水中，青蛙遇熱，奮力逃生，暫免一死。之後，研究員將青蛙放入冷水中，然後加熱，青蛙開始時因水溫由冷至暖，悠然自得，察覺高溫時已燙傷內臟，無力逃生了。用溫水煮蛙來比喻，便是香港人假如不團結抗爭，享有的自由會一一被中共剝奪。一旦自由失去太多，就無能力挽回局面。

這個比喻的竅妙之處，大家要看清楚：只要你心裏面當自己是實驗室的青蛙，就死定了。沸水燙你不死，便再投入冷水中煮死。好彩煮不死，下次再從籠子取出，用來做其他毒藥試驗。總有一日，會弄死青蛙的。或者青蛙給弄得死去活來，失去正常反應，喪失實驗動物的資格，便要人道毀滅，了結生命。[1]

為什麼香港的抗爭運動會溫溫吞吞，議會抗爭和街頭抗爭毫無殺傷力，只成了香港資產階級專政之下的一道無傷大雅的文明風景？就是連語言戰爭都輸了啊。

我們知道，政治灌輸明顯會遇到抗拒的，但並不是說，政治灌輸或洗腦便沒用。政治灌輸和高壓教育，目的是要植入一些潛在的觀念。例如愛國教育的手段極為滑稽和誇張，它的目的，根本不是要學生愛上政府，它的目的其實是要令學生覺得政治很虛偽、很奸詐、很煩厭，於是學生畢業之後專心搵錢，遠離政治，對政府逆來順受，頂多是茶餘飯後冷嘲熱諷一番。如此，愛國教育便成功了。若果某些學生從此憎恨國家，也很不錯，起碼國家成為學生的夢魘（obsession），令他們活在憎恨之中，令他們終身痛苦，無法為愛而活（live for love）。大陸的人民，就大部分活在厭惡和憎恨之中，不知何謂仁愛。這是中共的愛國教育成果。

至於抗爭者，出於膽怯，有時也會無意識地配合極權政府。例如香港某些民主派和評論界提出的溫水煮蛙論，便錯誤地協助極權政府，為香港人做思想植入的工作：香港人只是脆弱的青蛙。面對中共的法西斯暴政和港共的資產階級專政，香港人是弱勢者，但不是弱者。香港人要抗爭，就不要當自己是給人隨便捉入實驗室的小青蛙，我們是強者，是雄辯滔滔的鐵嘴雞，鋼刀不入的扭紋柴❷。

❶ 另一個村上春樹的比喻，說強權政府是高牆，反抗者是雞蛋，也是不恰當的。人民團結起來鬥爭，強權政府便會倒台，二〇一〇年的「阿拉伯之春」的民主運動便是。但香港的社會運動者，偏喜歡自況為雞蛋，這也是失敗主義。

❷ 鐵嘴雞與扭紋柴曾是香港諺語，拍攝電影，如《鐵嘴雞》（一九五六）、《扭紋新抱惡家姑》（一九五六）；電視劇《鐵嘴雞與扭紋柴》（一九九三、亞洲電視）。鐵嘴雞比喻牙尖嘴利的厲害人物，扭紋柴是紋理旋扭不順的樹幹做的柴，刀砍不入，一般要用斧頭才可以破開來燒。

面書上的留言（摘錄）：

Wan Chin（陳雲）：哈哈。也許大家不大明白我的辯證思考：中共的愛國教育是預設失敗的，而失敗了幾十年也繼續，甚至將失敗推廣至香港。愛國教育的功效，正是在於其預設的失敗：令人民厭惡政治或憎恨政治，卻要虛偽應付。這就是專政國要培育的人民。

很多思想幼稚或自視過高的香港老師，認為愛國教育會失敗的，或者愛國教育在他們的手上會變質為批判教育，是中了極權者的圈套。一旦老共的愛國教育實施，香港的下一代即沒頂，成為中國式的廢民。

Wan Chin：法西斯的政術，並非一般香港人的腦袋可以理解的。若非如此，反共反了六十年，為何老共仍在？就是連反的是什麼政黨，它用的是什麼政術也不理解啊。

Wan Chin：學一點德國納粹黨的歷史，加上一些Michel Foucault（傅柯）的理論，大抵就可以明白法西斯政術。

Wan Chin：傅柯的理論，是說現代的權力並非透過鎮壓而統治的，而是透過不斷衍生知識範疇（愛國教育及如何化解愛國教育的一套無聊知識）和知識官僚機構（出版社、輿論和評論愛國教育的人）來統治的。一旦這套衍生機構完成了，愛國教育便達到目的。愛國教育不需要人民的臣服，只需要人民付出時間、青春和智力去應付它。這樣，它便千秋萬世流傳下去。

Wan Chin：這才是納粹、法西斯，才是現代政府的恐怖統治（reign of terror in modern form）。各位，對付老共，要接受『智力加強版』的反共知識鍛煉。

Wan Chin：明白到法西斯的深刻傷害，我才斷言：中國無得救，除非諸聖在中國出現，以神蹟挽回，否則只能等待劫火，將之消滅。我是修佛的人，出此斷言，也很無奈。

Chan TaiMan：希望讀者會細心和消化這篇文章，因為文中所指出的因果關系很重要，有啟發性，當很多人相信某些模式是對，是否真的對？其實可能是全錯，在錯的方向起步，再用錯的方式行事，結果得不到成果，而人們不知道出錯，並在錯之中用盡方法企圖糾正，但都是不行的，因為由始至終根本就錯了。我對抗爭的觀點是不要用「勇於犧牲」為大前提，個別的犧牲（指被警察拉甚至被告到坐監）沒有價值，民眾必須大規模集體向政府抗衡，即使警察再多，也無可能多過市民，當大批市民迫使政府作出妥協，只有兩種結果：一、政府大規模屠殺抗爭……

Enoch：眾讀者若有感難以理解老師文章的論證及意見，除了老師的解釋外，依小弟愚見，參考歷史中法西斯和納粹的行政手段及管理手段便可理解一二。當年納粹獨裁其間大力推行德國愛國洗腦教育（暫不提反猶主義，與今天中共情況有一點不同），目的除了要思想植根去無反抗能力較單純的國民外，就是和老師所說的差不多，令有腦知識分子遠離政治，減少對納粹統治其間種種的不滿和反對，亦運用極權，震嚇膽小的國民，雙管齊下，務求「蠢的洗腦成功，叻的遠離政治，夠薑的捉你去坐監，淨番的收聲」。看看現今中國，是否有所雷同？

Wan Chin：思辨、分析與批判的同時，面對老共即將推廣的愛國教育，是要採取武力的不合作鬥爭的。市民要抗議，圍困教育局，打翻諮詢論壇，有愛國教育的學校，學生要翻桌子、丟課本、閉目沉默或讀其他書等。

Wan Chin：Stop the evil at the doorstep. 不是請惡魔進來，然後大家 keep busy and occupied，大家花時間、學問和創造職業，與惡魔困鬥。老共的惡魔不是要臣服你或消滅你，而是要你抵擋不住遊說之後，請它入學校、入屋，慢慢消磨你的青春、時間和智力。

Chan TaiMan：智障化的垃圾愛國洗腦教育，家長是最重要一環，不少港式腦殘犬儒父母，以子女拿高分為人生唯一目標，盲目信奉歪論，迫子女「受感化」。所以社會各界凡頭腦清醒者，必須要把這些腦殘愛國教育強力恥笑、極度排斥、罵爆，令這些歪論成為過街老鼠，信奉的愚人顏面無存，迫子女洗腦的家長被罵得一文不值，那些「洗腦教師」好歹也會忌憚幾分，當社會形成一道正氣，學生自會打上防疫針，懂得避免洗腦。什麼諮詢論壇，只是建制派指定一班打手搬出歪理的小舞台，清醒的市民要群起攻之，拿那些歪論者「祭旗」，追擊相關官員，洗腦愛國教育是惡菌，殖入人體會「變種」，一生變做純種奴隸，現在政府要向千禧後的小孩「灌漿洗腦」，群眾必須「抗菌」。

Belinda：陳博士：中共可能明知硬橋硬馬的思想灌輸，大家不會接受，於是又學人地來個 inception：「其實我哋都唔係要大家學啲咩嘢，最好文革六四果啲敏感嘢大家就唔好理咁多，求求其其見到升國旗就唱歌，國家運動員得獎就歡呼，扮晒嘢就得架喇。政治嗰啲嘢，你地唔使學㗎……」軟功比硬功來得更恐怖喎，根本就唔需要有任何思考，只要 copy & paste 就得，咁同通識個理念咪背道而馳？

Roger：「老共的惡魔不是要臣服你或消滅你，而是要你抵擋不住遊說之後，請它入學校、入屋，慢慢消磨你的青春、時間和智力。」同本地教會聚會一樣，不少人由不信變「信」，俾人夾硬話「信」咗，慢慢消磨青春和判斷力，到了相當倚賴教會成為生活圈子時，你係咪真係信，教會都唔會太care，因為你已經走唔甩。

古：我認為老共是這樣的——群眾夠膽反枱，佢係會驚嘅。

Lok-Ying：無論如何，用青蛙來自比，簡直輸人兼輸陣。

《am730》
二〇一一年六月七日

扶正香港中文

倒米的 PhD

看了一則令人嘆息的奶粉廣告。

小孩食某牌子的奶粉可以馬上具備哲學博士（PhD）的能耐，而博士的能耐卻是不能簡單說出 2 + 2 的答案是 4，卻要化簡為繁，在紙板上賣弄知識，演化出 $2 + 2 = 2 \times 2 = 2^2 = 4$。高深教育的訓練，是要化繁為簡，將學問歸結到幾條基本原理，從而解釋複雜的現象，或者挑戰成規。撰寫廣告的創作人，以及接納廣告方案的奶粉代理商，卻相信博士級數的知識，就是化簡為繁，賣弄花巧。這個奶粉廣告的出現，暴露出香港某些創作人及商人的能力，也為香港的基礎教育露了底。很多為官者及機構把關人，位置愈高，能力愈低。於香港商人，我從來不抱厚望。香港的商人發財，大部分靠的是運氣、財勢和官商勾結。

二〇〇九年中，「博士」奶粉廣告在電視台和鐵路車廂播放，次數頻繁。廣告最近消失，為誌其事，倒值得記錄下來，使之流傳久遠。劇情如下：

幼稚園的教室中，有一群約三四歲的小朋友在聆聽老師的教導。白板上寫了一條算術：「2 + 2 =？」老師指着它問，幾位小朋友站起來大聲地答：「4」，並且舉起手中寫有「4」字的紙牌。此際，鏡頭拉近至坐在最後的一位小孩，他並無站起回答，卻集中精神在紙上繼續寫字。女聲旁白：「無論寶寶天分高定低……」鏡頭一轉，到了該小孩的家中，他的父母手上各自也拿着一張紙，爸爸拿的紙上寫了「2 + 2 =」，而媽媽拿的紙是一個「？」。女聲旁白：「……確保佢充分發揮，就係爹哋、媽咪嘅最大任務。」鏡頭拍攝小孩，他在紙張上寫「$= 2^2$」。

此時，鏡頭轉去西人專家，他身穿白袍，狀似醫生，背後並有高達數呎的彩色「PhD」字樣，他說：「美國雅培特有嘅 PhD 成分……」「PhD」這組字移向一個用線條繪畫出的小朋友腦部位置，當中有四個不同顏色的圓形圖案，分別為數字、英文字、符號和動物公仔，這四個圖案還不停變更，而在這些圖案下出現「PhospholipiD」字樣，專家繼續旁白：「……即係 Phospholipid，對大腦信息傳遞舉足輕重。美國雅培（Abbott）全新 I（Eye）Q Plus，提升 IQ 配方質素，徹底釋放寶寶潛能。」畫面此刻現出奶粉罐，玩了「食字」，奶粉變成 I（Eye）Q Plus。❶

然後鏡頭再回到小朋友，他在紙上書寫：「$2 + 2 = 2 \times 2 = 2^2 = 4$」，女聲旁白：「你都想屋企有個小博士？咁就要美國雅培全新 I（Eye）Q Plus。」

將 phospholipid（磷脂）簡稱為 PhD，已違反化學簡稱的原則；將算術繁雜化，問非所答，使之為見識高深，更是自欺欺人。況且，單單要孩子 IQ 標青，傲視同儕，而不是同時照顧其他同學的感受，提高團隊能力，同時有 EQ，這是落後於時代的兒童教育法。

改良的版本，隨便想來，其一是老師發問 2 + 2 之後，孩子紛紛舉手，只有一位在沉思，並且玩弄手上的四塊「扭計骰」，腦海中出現四個正立方體的多種構圖，他根本不在乎鬥快回答，滿足老師的權威，而是自行理解四個立方體的配搭法。這顯示那孩子懂得空間智力，也超越了滿足老師權威的水平。其二，是老師問2 □ 2 ＝ 4，大部分小孩寫「＋」，但其中一個寫「×」。其他人忽有所悟，都從該同學處學來旁想之法（lateral thinking），然後大家很開心。

香港仍有很多博士是懂得思考的。至於某些廣告人不懂得如此思考，是因為他們習慣互相踐踏，根本欠缺善心和善意，也無尚智之風，只是拜金拜權，於是把思想垃圾往消費社會傾倒。人家質問他們，便攤開雙手，「香港社會便是這樣，我們只是提供他們想要的。」

《明報》
二〇〇九年十月十九日

❶ 廣告可在互聯網搜尋，關鍵詞「美國雅培 PhD」。

公共語文，精益求精

聆聽流動電訊商的留言服務，十多年來，損耗不少時間。不是說留言眾多，而是留言錄音告白的文辭冗贅，費時失事。我自一九九九年用流動電話，如無口信紀錄，留言信箱的錄音告白是「你嘅信箱中係無口信」。[1] 至少十年之後，直至二〇〇九年中，電訊商才後知後覺，醒悟過來，改為「你無新口信」，省下六字。

「哥仔吖靚呀靚得妙」

香港號稱珍惜時間，得個講字矣。錄音播放之中，「信箱」是多餘的，「係」字放在形容詞或補語之前，如「你係好靚」、「我係窮」，是粵語口語的襯詞，有語氣，無語義，如用在公用言語，特地用「係」字，卻有言外之意，如：「你嘅信箱中係冇口信，不過有本公司嘅追債留言囉！」多餘的六字，至少花了兩秒時間，眾多用戶，十幾年下來，不知浪費多少歲月。改為「你冇新口信」，乾淨俐落也。我用的某大銀行電話理財的錄音廣播，也一樣冗詞充斥，囉囉唆唆，二十年來只曉得推銷房屋貸款和基金債券，未見反省言文。

一九七九年李燕萍唱的發姣情歌《哥仔靚》❷，裏面的歌詞：「哥仔吖靚呀靚得妙，哥仔吖靚咯，引動我思潮。我含情帶笑，把眼角做介紹，還望哥你把我來瞧。」銷魂蝕骨，但一個是（係）字也無，她用「呀」字來強化語氣，用的就是語氣詞。換了「哥仔（吖）靚係靚得妙」，也是通的。從自然口語之中，可見中文的真正語法所在！

迂迴曲折，浪費時間

公共語文冗詞充斥，若乎意思清楚，也不礙事。聽冗字的時候，當是休息或接通的

❶ 前香港數碼通公司。

❷ 此歌可在 YouTube 重溫。另有李香琴唱的版本，更見妖嬈。

聲音好了，即是說，十多年來，我都當「你嘅信箱中係……」六字，是電話接通留言信箱的訊號。頗懷舊哩，有點像上世紀六十年代在新界鄉村講電話，不時雙方要「喂喂喂喂喂喂」幾聲，顯示線路正常。「妹妹阿妹，阿妹妹呀……」郎君遠望姑娘在對面山頭斬柴，隔山呼叫一番，久久未入正題，待阿妹聽到郎呼，才唱「郎想你想得心肝痛呀」。

至於有些運輸署的官府路標，更是一掛到底，不思改進。例如某些屋邨的車路口，會有兩個路標，告知駕駛者「前往此區者不在此限」（英文是 Except for access）及「有許可證者不在此限」（Except with permit），其意在於分隔車流，避免閑雜車輛駛入，停泊休息或在路邊上落貨之類。❶官署的網頁告知，「前往此區者不在此限」，是指「在沒有其他通道可用時，准許車輛駛入受禁令管制的道路，（以便）前往毗連的屋宇或土地」（原文直錄）。開車的朋友最怕見到此等路標，耐人尋味，參不透官話，只好不犯不錯，掉頭走人，以免罰款。

此等告示，以英文為準，要人家先有理解英文的能力，再來閱讀中文，是文化殖民主義。中文告白如此，顯示政府官員智力低下，傲慢無禮，掛了告示，便不理會市民如何理解。然而市民不依，便是犯法，抄牌罰款。簡明的講法，是「此車道只限通往本區」，短版本是「只限本區通行」或「本區專用車道」，至於「本區」的意思為何，不須言明，之前的入口車道顯示的地區便是了。至於後者，民初時期已有標準翻譯「憑證通行」是也。若嫌指示不清，可用「特准車輛除外」，一般是指公共交通工具（巴士、小巴、郵巴、的士等）。特准的「准」字，意譯了英文的 permit。非公共交通車輛之司機，見了「特准」兩字，便知道自己並非持有許可證（permit），避之則吉矣。

❶ 此處由吾友袁兄來函提醒，感激也。

也有明令駕駛者讓路予緊急救援車輛的燈箱告示，英文是Give Way to Emergency Vehicles，中文譯為「禮讓緊急車輛」，也欠周全。應是「請讓路予緊急車輛」。禮讓是人情、是修養，但不是責任，例如禮讓老人先行之類。救護車是必須讓路的，「讓路」是固有的講法，唔識字都識得講也。有如此中文告示，乃由於官員不是從日常言語思考，而是用英文思考，被英文圈死了語言表達力。

廁所練中文

另讀者寄來中環某商業大廈廁所告示，文句病患之多，堪稱香港一絕：

> 為減低受感染及傳播傳染病之機會率，我司現建議各使用人士如廁後，先將座廁蓋板放下，然後沖廁，此舉可避免污水到處四濺。❶

「我司」是大陸共產中文，以前謙稱「敝公司」、「敝處」，實則可以省去不提，管理處下轄的廁所，告示就是管理處張貼的了。「為減低……」是英文 To reduce 的直譯，不合中文，況且公共文告也不宜用一連串虛詞開首，令人摸不着頭腦。

「……之機會率」是偽科學語，座廁又不是細菌樣本採集處，機會而已，談什麼機會率？「為減低受感染及傳播傳染病之機會率」，有如流行病學解釋，然則又不解釋，細菌由糞尿而來，還是由沖廁之二級水（海水）而來？語焉不詳，不如不說。此句的主語不清，不知是對如廁客人還是向病菌說的，應是「為減低各位受病菌感染及受傳染病波及之機會」。

「現建議」的「現」字多餘，「建議」也不合，提醒、提示而已。「到處四濺」是同義重複，也是誇張之語，不蓋上廁板，污水到處四濺，可見水力之大，蓋上了，廁板豈非谷爆彈開？「各使用人士」，則是重複，也是潔癖過分，「如廁」已講了。此廁所

❶ 讀者陸先生寄來，謹此致謝。此廁所公告，見於中環德輔道中一百三十五號華懋廣場第二期。

告示，該大廈個個廁所都貼了，可謂語文病毒之污染。此類廁所文告，本來不必，若要張貼，可以改為：「請蓋上廁板沖廁，以免水花飛濺，細菌溢出。」

「請蓋上廁板沖廁」包含的語言信息，若用英文寫出來，非此不可：Please flush the toilet with the lid (of the toilet seat) down.

損而又損，減之又減，此告示也可寫作「蓋板沖廁，乾淨衛生」。原文的「先將座廁蓋板放下，然後沖廁」是英文結構，也如官僚程序，中文可以用動詞緊貼，使蓋板及沖廁兩個動作緊貼而行。如此，告示便一字不虛，末後兩句且略帶對仗，庶幾有助如廁之雅興焉。

由內到外，收放自如

禪門有道，「蓮花不着水，金針可度人」。❶ 金代詩人元好問有詩「莫把金針度與人」，台灣文人李敖則將之改為「要把金針度與人」。上述之文章修改，要訣在於將語言信息精煉，至於無可再縮的「核心語句」：「蓋板沖廁」。此公文撰寫法，來自我以前鍛煉英文告示寫作。英文受到形式語法之限制，修飾不當，句子便拖沓冗長，撰寫告示，尤要節約虛詞。如上述的語言訊息，英文最簡短的寫法是Flush with the lid down，換作中文，便是「蓋板沖廁」。古雅中文，根本厭惡虛詞、不須虛詞的，因此「蓋板沖廁」之語，得來容易，渾然天成。可惜今人不愛惜祖宗家業，學不了好的英文，反過來給英文的形式語法迷惑了，於是中文疊床架屋，弄得一身臃腫，動彈不得。

以此為起點，四字句「蓋板沖廁」，可以延展為八字句「蓋板沖廁，乾淨衛生」，將避免廁所水飛濺的訊息放在後句。至於細菌病毒隨沖廁水飛濺而外溢之事理，已有政府電視廣告反覆宣傳，可以省去。知者自知，不知者多說也不知。首句省去「請」字，在

❶ 黃念祖《註經偶頌》云，唐代有禪詩曰：「渾然忘老病，誓死報慈恩。隨緣傳佛語，即事顯禪心。蓮花不着水，金針可度人。破顏微自笑，放手扯葛藤。」

乎陳述句及祈使句（imperative）之間，留有餘地，發揮中國文句之曖昧多端及中國人的寬厚人情。如此這般，文術畢焉。

公共告示用的字數愈少，動的腦筋愈多。香港公共告示的字數冗長，可見撰寫的部門官長懶得動腦筋，以致浪費公眾的閱讀時間和心力。所謂「時間即是金錢」，寫好中文，便是替大眾節省時間，節省金錢。

中文詞彙豐富，行政歷史悠久，兼且漢字佔用的空間比拼音文字為少，同一空間，中文可以表達得更為明確。此地充斥糊塗中文告示，只顯示官員與管理人荒廢學問，兼且因循苟且，將陋就簡而已。劣文當道，也惹人誤會，以為中文擅長感情抒發，並非邏輯語言，真可謂冤哉枉也。

《明報》二〇〇九年十二月十四日及
《蘋果日報》二〇一〇年五月二十三日，
刊登之後，合併增潤而成。

種種不同細細說

關關雎鳩，在河之洲。（《詩經．周南．關雎》）

伐木丁丁，鳥鳴嚶嚶。（《詩經．小雅．伐木》）

青青河畔草，鬱鬱園中柳。盈盈樓上女，皎皎當窗牖。娥娥紅粉妝，纖纖出素手。
（《古詩十九首》）

尋尋覓覓，冷冷清清，淒淒慘慘戚戚。（李清照：《聲聲慢》）

疊詞是中文特有的構詞方式，疊詞有時是擬聲之詞（如關關、丁丁），有時是強化之詞（如常常、冷冷清清），有時是柔化之語（你來看看、你試試做吧），有時是泛指之詞

（如人人）。不必是騷人墨客，里巷小民，也會講人人、種種、個個之類，雖發音猶如小兒，但語義準確，毫不含糊。老一輩香港人在街頭謀生，口頭禪有「人人為我，我為人人」；百貨公司抽獎遊戲，有安慰獎墊底，便說「人人有份，永不落空」。用疊詞，正是廣東話的特色，因為廣東話保存最多古漢語成分。但今日很多人都怕落後於人，不講人人，改用貌似科學的每個人、每人、不同的人。例如《明報》大陸新聞標題：〈死亡廠巴十一人喪命，滬浦東翻車每人身上都是血〉（二〇一一年九月十六日），新聞說「每人」身上都是血，好像血是平均分配似的！

偽科學，假中文

近代中文由於要走所謂科學散文的路，很多自然詞語都不敢用了，疊詞是其一，成語是其二。二〇一二年五月十一日，路過鴨寮街某電器行，聽到錄音宣傳：「喂，各位電子發燒友，好多電子零件，量度儀器，手動機器，各國名廠器材，貨色齊備，林林總總，價錢合理，唔使買貴貨，埋嚟格下價……」。廣播音量克制，可以容忍，停了莞爾一笑，若是當今大學生，「林林總總」之類的成語是不懂得用的了，他們草擬的宣傳，也許是什麼「不同電子零件、不同國家器材，不同貨色……」，保證趕走街坊。現今的學校教出來的學生，其中文水準就不如爛撻撻的鴨寮街店主。

近來看廣告和報紙評論，久不久就看到「不同的ＸＸ」這類含糊之詞。這是來自北方的程式中文，看似科學，但語義含糊，毫不科學。比如說「某某財務公司，滿足你的不同的貸款需要」。這話以前是講「種種貸款需要」或「各種貸款需要」的。說「各種」，當然不是窮盡所有的種類，只是比擬而已。「種種」這疊詞，如「林林總總」，只是描述多樣而繁複，不是說各種都有，意義準確得不得了，是英文 various、a rich variety of 或 different 的完美翻譯，但由於近代人認為疊詞好像不大科學，漸漸不用了。以為 various 或 different 的漢譯就全部都是「不同」，是機械詞典的語言能力，不是人的語言能力。

人人為我，我為人人

一份學生論文，裏面寫了這一段：

明人淩濛初《二刻拍案驚奇》之中的女尼故事，呈現女尼對性的不同程度的飢渴，甚至到達宣淫的地步。

既是研究明代白話小說，不妨用流麗的白話來寫：

「明人淩濛初《二刻拍案驚奇》之中的女尼故事，寫女尼的色慾飢渴，有深有淺，沉溺其中而不能自拔者，幾近宣淫。」

現代白話課本，以北方話為主，學生少讀古文，也少聽粵劇，加強學普通話之後，共黨中文南侵，廣東話的疊字、雙聲疊韻詞就不敢用，打壓廣東話之後，下一代都講「每一個人」、「每人」，仍講「人人」或寫「人人」，就被視為不科學、不現代，社會階級低下了。

現代的學院中文，疊詞不敢用，成語不敢用，套語也是不敢用的。例如說某藥油能醫百病，這當然是誇張的比擬詞，只是能舒緩好多病徵而已。現在的人，不敢寫「能醫百病」，連講都不敢講了。講「能治種種疾病」、「能夠醫治多種疾病」也不錯，但如今受到《不良醫藥廣告條例》所限，一般都講「能醫治不同疾病」了。「能治不同疾病」，貌似科學敘述，但語義與「能醫百病」、「能治諸疾」是一樣的，都是含糊不清的籠統語。放棄了成語，換了現代散文，並不是科學了，而是囉唆了。中文的略數多是比喻，例如千萬身家、長命百歲、十全十美之類，禁了比喻性質的「能醫百病」（百病是比喻諸種疾病而已），結果出了能醫不同疾病、對不同的疾病都有治療作用、有效舒緩各種痛症，就更加蠱惑難明了。

蠱惑的不同，歧義的不同

只要超過一個，就是「不同」。「不同」成為百搭詞，會淘洗中文的原有詞彙及表達方式。例如官員說「民間對某政策有不同意見」，就掩蓋了民間意見紛紜、意見分歧等情況，可以混淆視聽，虛與委蛇。例如下列新聞標題就有含糊其辭的功用：「梁振英：六四事件的不同解讀可加入課程」。❶

特首曾蔭權蹉跎歲月，毫無作為，二〇一一年七月十五日，被問及復建居屋問題，曾「強調政府會考慮不同資助房屋計劃，包括居屋」。❷結果公佈的房屋政策，連居屋也欠奉，只有先租後買的假居屋，但他依然夠膽用「不同資助房屋計劃」來胡混。九七之前，政府是講「各種資助房屋計劃」、「多項資助房屋計劃」，毫不含糊。

不用各種、眾多而用不同，有時會有反效果的。如下列一段解釋何謂法治的香港通識課文，竟是如此開始：

法治是一個涵義深奧的觀念，『法』指法律，即國家訂立不同規條來限制人們的行為，『治』指管治。『法治』的基本涵義便是依照法律來管治國家，使社會得以正常地運作。❸

這篇課文當然是將法治（rule of law）誤做法制（rule by law）。其可怕之處，在於說「國家訂立不同規條來限制人們的行為」，這裡的不同，就有歧義，即是說同一個行為，是有不同的規條來限制的，國家是千方百計限制人民的行為的，為了達到管治的效果，是無所不用其極的。應該寫的，不是「不同」，而是「各種」，而最恰當的寫法，是毋須形容詞，不必寫「不同」、「各種」之類的形容詞，否則就好像政府用法律管制人民到了無所不用其極的地步。此外，法律不是規條，課文寫「國家訂立法律來限制國民的行為」就可。❹

❶ 《星島日報》，二〇一一年十月三十日。
❷ 〈居屋復建否　十月有交代〉，《星島日報》，二〇一一年七月十六日。
❸ 《高中新世紀通識（教師專用課本）》「單元二 • 今日香港」1.1 節〈甚麼是法治？〉，齡記：二〇〇九，頁八十七。
❹ 此課文的詳細評論，見本書〈我們的課本怎麼了？〉一文。

零舍不同

「不同」是什麼時候用的呢？中文的不同、不存、不全、不能……等語，多是語意堅決之判斷句，不是等閑之寒暄語。如與別不同、與眾不同、不同凡響、卓爾不群、片甲不留、屍骨無存、蕩然無存、五音不全、衣衫不整、食慾不振、欲罷不能、無堅不摧等，都不是隨便講的。

諸位，將本來嚴謹的生活詞，化為含糊輕佻之機械語，是程式中文與別不同、卓然出眾的能耐了。

《明報》
二〇一一年九月二十三日，刊登之後增潤

道德滑坡，感情缺失

大陸喜用工程術語，如人材斷層（青黃不接）、經濟滑坡（經濟衰退）等。術語借用無妨，如滑坡是山泥傾瀉、泥石流等天災，自由市場的經濟衰退，「經濟滑坡」也說得過去，但借用到人倫道德，說「道德滑坡」，將失德變了意外發生之事，就是文過飾非。

連月發生兩宗關於過失與缺失的事。去年五月某校患思覺失調的中四學生在校內墮樓，由於死者生前在學校被記大過，九月二十一日，校長在死因庭作供，記大過不是處分，是教育的一種方式，校方也沒要求死者公開道歉。❶也許為了不捲入死因嫌疑，校長連記過制度的處分性質都否認掉了。記大過當然是教育，那是用記過、記缺點的方式來處分，達到警惕的教育效果嘛。記過不是處分？詭辯而已。

❶〈校長：記大過為教育男生〉，《明報》，二〇一一年九月二十二日。

前政務司司長唐英年為了解除參選特首的障礙，自行揭露婚外情，十月四日兩人同時發表聲明，承認「過去在個人感情上曾經有缺失，對此深感悔疚」。然而，彼此都無提及，究竟發生了什麼事。

唐太的書面聲明說：「我九歲認識我丈夫。結婚以來，確實有過艱難的時刻。他不是沒有缺點，但是我更欣賞他的優點。我內心肯定，他是我最佳的人生伴侶。我兩人更加珍惜共同度過的歲月，珍惜我們互相扶持之下共建的家。我們在私人感情問題上早已決心不再往後看，相信大家會體諒。謝謝。」唐太用「艱難的時刻」來稱呼這段難受的歲月。

唐英年的書面聲明如下：「我過去在個人感情上曾經有過缺失，我深感悔疚。我非常感激太太對我的諒解，並且原諒了我；特別在我人生重要的階段，全力支持我，並鼓勵我。如今我們的感情很好，我肯定她是我的終生伴侶。多謝大家關心。」❶應該感激的是太太的寬恕，不是「諒解」，而且有過失，才要彌補、悔罪，説婚姻有「缺失」，便要在外填補了。難怪他說，婚外情的歲月，是「人生重要的階段」。

正心誠意，唐英年的聲明應作如是：「婚外情，爽的是男人，傷的是女人。我感激太太原諒我，接納我的悔罪，令我們的婚姻更為牢固，感情更為篤實。感謝她的堅強和寬仁，令我們的家庭可以重新上路。」玩點 sound-bite，籠統談了婚外情，卻無明示自己有事，再高舉愛情和恕道，用倫理教誨來補償過失。這才是政治家風範。

《明報》
二〇一一年十月二十一日

❶ 委託公關公司的聲明。唐英年及其妻的聲明，徵引自〈唐英年不忠〉，《東方日報》，二〇一一年十月五日。

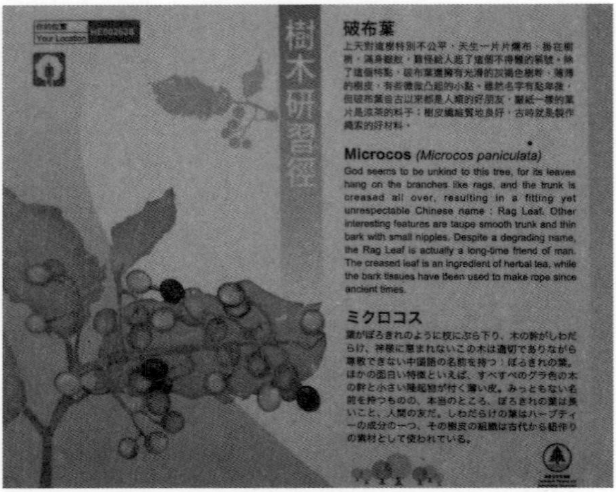
Your Location
樹木研習徑
破布葉
Microcos (Microcos paniculata)
God seems to be unkind to this tree, for its leaves hang on the branches like rags, and the trunk is creased all over, resulting in a fitting yet unrespectable Chinese name : Rag Leaf. Other interesting features are taupe smooth trunk and thin bark with small nipples. Despite a degrading name, the Rag Leaf is actually a long-time friend of man. The creased leaf is an ingredient of herbal tea, while the bark tissues have been used to make rope since ancient times.
ミクロコス

破布葉的身世

去年路經大嶼山，通往心經簡林的樹木研習徑上，樹立好幾個植物品種的介紹牌，文字古靈精怪，肉麻當有趣。當日拍攝了介紹破布葉的圖版，抄錄如下：

上天對這樹特別不公平，天生一片片爛布，掛在樹梢，滿身皺紋，難怪給人起了這個不得體的稱號。除了這個特點，破布葉還擁有光滑的灰褐色樹幹、薄薄的樹皮，有些微微凸起的小點。雖然名字有點卑微，但破布葉自古以來都是人類的好朋友，皺紙一樣的葉片是涼茶的料子；樹皮纖維質地良好，古時就是製作繩索的好材料。

這類言之無物，虛文氾濫而假裝天真的文字，充斥香港的小學課本，也難怪漁農及自然護理署會通過這種文案。中國農學、醫學典籍始於秦漢，介紹植物的文章，由秦漢時期的《神農本草經》到明朝《本草綱目》，乃至地方筆記如清初的《廣東新語》，洋洋大觀，文章以簡潔古雅為本，偶有民間奇趣點綴。這段破布葉的官方文章，毫無傳承，予人文化淪亡之感，正是特區政府的文化寫照（cultural signature）。

對某某不公平，是洋化語詞。上天、天生，是重複。「除了這個特點」，是浪費筆墨的洋式虛文，中文是「除此之外」、「此外」。「自古以來」、「古時」的時間參考不清晰。「質地良好」是語焉不詳。

上天待破布葉不薄，除了被港府配了這段不成體統的文字之外。圖版文字如藥典一樣，空間有限，必須內容翔實，行文簡潔。破布葉乃嶺南尋常草藥，《嶺南草藥志》、《廣東新語》有載，也可在網上的「醫學百科」查到❶，撰寫一段大方得體的簡介，毫不困難：

此樹之皮光滑而薄，葉卵形，葉緣呈鋸齒狀，常有孔洞破損，觸手有皺布之質，故名「破布葉」。葉有清熱解毒之效，用於廣東涼茶藥料。樹皮堅韌，舊時用以製繩。清朝《廣東新語》之「舟語」，有「夢香船」一條，說舊時肇慶乘舟夜渡，有盜匪用迷魂煙害人，中毒者可煎服破布葉解毒，諺云「身無破布葉，莫上夢香船」。（按：由於遊客可以實地觀看樹木，樹木的描述不必寫得太多。）

文章如是，則翔實而古雅，且有奇趣。

《明報》
二〇一一年十二月二日

❶ http://big5.wiki8.com/pobuye_78001/。

朝行晚拆帆布床

花園街排檔懷疑遭人縱火，殃及樓上住戶，釀成九死卅四傷之巨災。事後政府建議排檔仿效西洋菜街攤檔的做法，日間擺賣，晚上清空，以免貨物於夜間堆積而惹火。傳媒稱此舉為「朝行晚拆」❶。

詞簡意賅，此乃中文構詞之妙。朝行晚拆之構詞有如早出晚歸、晝伏夜出、多除少補、男左女右、陰盛陽衰、此消彼長之類，都是配合兩組相反的字。❷我成長的二十世紀六十年代，公屋仍未大行其道，窮人家居狹窄，寄宿、留宿的親戚又多，於是家家戶

❶〈排檔朝行晚拆允研究　去年大火後引六措施　特首稱不足〉，《明報》，二〇一一年十二月一日。

❷這也是古老中文的構詞，例如古人不講溫度、高度、深度而講寒熱、高低、深淺。用事情的兩極來表達度量之意。今日我們跟隨西洋語言習慣而講溫度、高度與深度等，但至今我們口語仍講大小、大細（粵音），而造不出類似英文size的詞，頂多只能講尺寸、尺碼，這也是用兩極來講程度。香港粵語則用諧音「曬士」。

中急文救

戶必備可以摺疊收藏的帆布床、尼龍床。老一輩有一歇後語「朝行晚拆」，答案是帆布床。本來，帆布床應是「朝拆晚行」——晚上展開使用，早上摺疊收藏。然而老一輩偏偏喜歡講朝行晚拆，他們解釋，此乃倒裝，一如廣東諺語講的「飲飽食醉」，應是「飲醉食飽」❶，順住構詞成分的次序而行：「朝晚」與「行拆」、「飲食」與「飽醉」的語序不能倒轉。「行拆」與「飽醉」是慣用語序，就不能倒轉過來以適應現實了。舉另一例，平日上班，謂之「早出晚歸」；但夜班當值，就少人改稱「晚出早歸」，要用成語，只會說「晝伏夜出」，改用「晝夜」與「伏出」的詞序來配搭。

排檔「朝行晚拆」的政策討論久了，報紙便考證一番，有改寫「朝桁晚拆」的。

桁字有四個粵音讀法：讀行動的行（恆 hang^4）或俗讀行路的行（haang^4），是橋架、屋架；讀杭（hong^4）是夾頸項或腳脛的木刑具；讀巷（項 hong^6）是衣架、曬衣竿。以字義的歷史發展而言，桁（恆 hang^4）的本義是舊時木構建築的屋架之橫木，再引申為衣架、橋架（項 hong^6）和刑具（杭 hong^4）的。❷

借用架屋之義，舊時木床也由床板在矮凳上鋪列而成，也如在屋架上鋪樑木。然而粵語說的hong^{4}床、hong^{4}帆布床、hong^{4}草席之類，讀的並非是hang^{4}或haang^4，而是行列的hong^4，那床席就變成刑具了！故此，以語音而言，hong^{4}床不宜寫「桁床」。況且，桁是木構建築之生僻字，我在新界鄉村長大，也只有父老識得講桁字，如瓦屋的正樑叫「子孫桁」(hang^4)，上刻「百子千孫」，象徵子孫繁衍，建屋上樑的時候要纏上紅布的。

俗語總是取易不取難的。粵語說hong^{4}的動詞，我認為是平日常用的行列的行（行hong^4），移作動詞之用。列、鋪可以借為動詞，如列陣、鋪床，行列的行，也應可以借為動詞。除了行床之外，蟹伸出兩鉗，鷹伸出雙翼，武士伸出大刀，粵語也叫「行」的。

❶ 此類倒裝，很多都是平聲收結，故此與收尾字的平仄無甚關係。

❷ 參閱粵語審音配詞字庫：http://humanum.arts.cuhk.edu.hk/Lexis/lexi-can/。

後記：廣東俗語一般是傳其聲而不傳其字，考據費心。我的考據原則是採用語言學的方法，如果兩字並列，讀音相同而詞義相近，取今不取古，取易不取難。例如有人説，「笐」音亦是杭（hong^4），竹名，引申為竹製的弦樂器或衣架。離地鋪竹片，上面存放穀物，以防潮濕，也叫笐。然而此乃生僻之古字，俗語應該不取。

據何文匯《粵音正讀字彙》及《王力古漢語字典》，「桁」有兩讀法，一讀恒，一讀項，讀恒者指屋梁上或門、窗上的橫木，讀項者指衣架、曬衣竿。

《明報》
二〇一一年十二月十六日

洪水淹浸，勿涉水過溪

冬日漫步西貢山徑，景色優美，山溪用踏腳石堆砌而成，石墩用山石，無斧鑿痕，這是第一代的郊野公園的手工，有些郊野公園就沒這麼好心機，很多水泥、鐵欄的。步過山溪，見到鐵牌告示，上面的中英文字，貌似科學，卻好累贅，又欠文采：

如水蓋過橋／石面，或水流湍急時
切勿試圖過溪

Do not cross stream when water covers

bridge/stepping stones or the flow is rapid

意思是說，山上洪水沖下，會浸過石橋或石墩，如果強行過溪，步履不穩，便會掉落洪流，捲入水底，期間頭撞岩石、頸繞草藤之類，好容易斃命當場。香港以前在大埔也發生過山坑或溪流在大雨之後暴漲，行人不以為然，以為仍是平日見慣的小溪或小溝渠，強行闖過而失足浸死，屍體在河口發現的慘劇。故此，政府樹立警告鐵牌，乃屬必須。

然則，既然樹立的是鐵牌，經久展示，就要有類似碑文的莊嚴簡潔風格，不能好像草稿一般。例如上文的標點符號的斜線（slash）就有草稿的痕迹。中英文都不能容許在告示出現這些含糊之詞，要明寫「或」、「及」或「兩種都是」（A or B or both）。中文的「石面」也是不知所云，是岩石、溪石還是踏腳過溪的石墩（step-stones）？

山洪是洶湧而下的，中文的「蓋過」，動感不足，應該用淹過、漫過之類。本來中文的「漫」字最合用，水滿而外溢，叫做漫，《白蛇傳》就有白娘娘作法，水漫金山寺的情節，但時下青年也許不熟民間故事，就不能用，但淹字是可以用的。

水淹山溪而過橋，叫涉水，粵語叫「逕水」。「逕」字讀gaang^{3}的音，雅言當然是說涉水。至於「試圖」兩字，切不可提，因為有誘人犯險之虞！整句修正，可如下文：

當水淹過橋或石墩，或遇水流湍急之時，

切勿涉水過溪

政府告示，不必懼怕文雅，反而應該推廣文雅，因為語境清晰可辨，且有提高語文水平之利。尋常告示「不得擅進」的「擅」字，也很艱深，但大家不是一樣通解嗎？

《明報》
二〇一二年一月二十日

臨別贈言，此情不再

二〇〇三年，中共簽發個人遊，通稱「自由行」，大陸遊客湧來香港市區購物，幾年下來，令旺區店舖租金暴漲，小店紛紛倒閉，代之以奢侈品店及連鎖店。去年歲除，路過旺角，赫然見到屹立二十餘年的酒吧，貼出別離之賦：

花開花謝總無窮，
聚也忽，去也忽，
苦心經營，廿三載，
多謝各位支持，
迷城全人心感榮幸，
最後祝各位身體健康
迷城全人多謝！

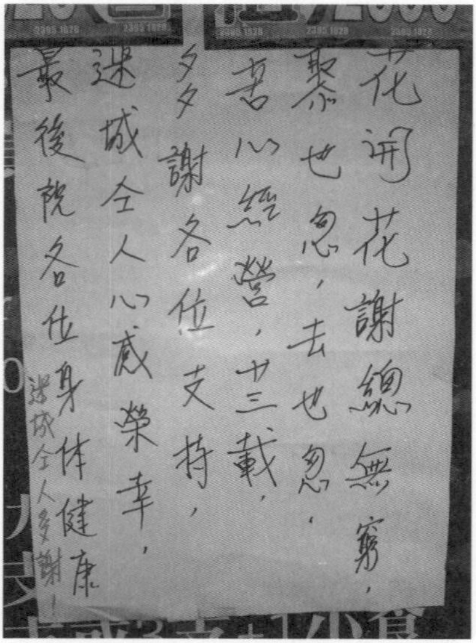

結業告示滿載人情，但文字則略見粗糙，仿作之詞，未盡其意，文言白話，也夾雜得生硬。「花開花謝」不能說「無窮」，「無窮」是開落不盡的意思，並非結業，只能說無情、無奈，「匆匆」應是連用，不宜分拆而用。身體健康則嫌太淺白。「最後」是演說用的，告示則不必。以民間打油詩體，可以改為：

花開花落總無情
聚時盡興，散也無聲
苦心撐持廿三載
一朝加租夢成空
他年何處再相逢
祝貴客歡樂常在
迷城酒吧仝人鞠躬

網友傳來一照片，九龍城漢寶酒家以血書告別❶，原文摘錄如下：

漢寶酒家的血書

今時今日的香港，在無能政府的無能管治下，任由一眾地產惡霸制定出不平等、不合理的租約，更不依租約年期，只要業主說改變物業作其他用途或拆卸，就僅向租用商户發出六個月的通知期便即行收樓……

今天的龍寶酒家就輸在如此不平等的租約下，逼於十二月二十五日普天同慶的聖誕節下午五時忍痛結業，隨即舉行全體員工聚餐告別晚會。

在此多謝各位貴客街坊友好的支持！

龍寶酒家董事局

此通告之弊，在於句子冗贅，動詞糾結不清，可以理順如下：

香港政府管治無方，地產租約不公，租期未滿，一聲改變物業用途或作拆卸，只須發出通知，六月即可收樓……

龍寶酒家不敵地產惡霸，痛於聖誕節十二月二十五日下午五時結業，閉門之後，全體員工告別聚餐。

感謝街坊友好多年支持

龍寶酒家董事局

《明報》
二〇一二年二月十七日

❶〈龍寶酒家血書控迫遷結業〉，《太陽報》，二〇一一年十二月二十五日。http://the-sun.on.cc/cnt/news/20111225/00407_043.html。

勸退唐英年

唐英年參與特首選舉，被傳媒揭露醜聞，大宅僭建之事曝光，輿論譁然。二月十六日下午，記者雲集九龍塘約道，全國政協委員劉夢熊驅車掩至，向記者派發《敦促唐英年退選書》[1]。此書義正詞嚴，乃近年少見佳作。然而，既是勸退之書，如略用文言及古禮，當更懇切。勸退書原文如下：

敦促唐英年退選書

唐英年先生：你已經到了山窮水盡的地步。你約道七號屋僭建地庫終極圖則、實景照片已暴露世人眼前。有建築工人挺身作證，你的地庫是拿入伙紙前有計劃地僭建的。呈交給屋宇署的圖則隱瞞了地庫和真實地積比率，因而是虛假的！你不斷以新謊言掩蓋舊謊言，被報界封為「謊唐」。現在不僅涉及誠信，已是涉嫌串謀詐騙了！你這兩天試着死撐，有甚麼結果呢？為今之計，除退選之外，別無他途！為着對香港、對國家負責，你應知所進退，毅然退選：

第一，避免陷中央於不義。……

第二，免得拖累你的支持者。……

第三，古語有云：「知恥近乎勇」。畢竟，你也曾為香港做過一些有益的工作，你若是識時務退選，至少保存了自己僅有的尊嚴。你想一想吧！

劉夢熊

第一及第二點言之成理，第三點點題不明，應將保存尊嚴之言，放在句首。略改如下：

唐英年先生尊鑒：

君之大宅僭建，證據確鑿，且工程人員證實，君在興建之初，已處心積慮，預

❶ 〈劉夢熊踩場　勸唐唐退選〉，《爽報》即時新聞，二〇一二年二月十六日，下午二時五十分。全文另見劉夢熊於《東方日報》「指點江山」專欄，二〇一二年二月十七日。

挖地基，刻意隱瞞屋宇署，騙取入伙紙，不僅誠信有虧，亦有詭詐之虞。圖窮匕見，君仍強詞奪理，諸多推搪。君已窮途末路，為今之計，只剩毅然引退一途。一可免陷中央於不義，二可免辱及支持參選之同道，三可保存僅有之名節。為己為人，望君三思。

劉夢熊拜

《明報》
二〇一二年三月二日

金舖特約了秋天

閑坐書齋，最怕寄養小兒拿他學校的中文課本來問我，一來是小孩資質不在語文，輔導學習，要格外用心；二來是香港中文課本的文章品質多是低劣，閱後徒添哀嘆。上月讀到的一篇，倒令我醒覺，香港辦教育的一群人，如何不學無術，自以為是，為了貫徹香港衛生當局的精神健康訓令，竟在下一代實施情感禁制，不許下一代傷春悲秋，不懂得表達人生的哀愁。這種 Newspeak 式的控制，連蘇聯老大哥都自嘆不如了。我一貫認為，香港官商勾結，不許培育獨立思考之市民，已到了文化法西斯（cultural fascism）的地步。

眼金金，學中文

閱讀理解練習的課文，學習「單元」叫「自然世界」，「單位」是「秋天的童話」，課業四乃〈秋之落葉〉，課業五為〈城門河的秋色〉❶。〈秋之落葉〉，摘錄如下：

秋天來了。登高遠望，盡是一片茫茫的金海。

沿着彎彎曲曲的山路漫步，清爽的秋風迎面而來，那滿樹的葉子嘩嘩作響，紛紛飛墜。細細觀看，落葉如蝴蝶翩然起舞，似黃鶯展翅飛翔，還讓人聯想起舞蹈員的輕盈舞姿。只是一瞬間，地上便滿佈落葉，猶如鋪上了一層厚厚的金色地毯。

我輕輕撿起了一片落葉，瞧，它多像一隻金色的小船！或許它想投入小河的懷抱才飄落下來？於是，我把它放進小河。河水嘩嘩地響着，像是鼓掌歡迎。「小船」輕快地打了個旋，彷彿和我依依告別，然後開始了它有趣的航行。

我又撿起了一片桃形的葉子，心想「它可能是孫悟空採摘蟠桃時，不小心碰掉的一顆仙桃吧？它由天上到人間，竟變成了一片小小的落葉！」我將它放在鼻子下面嗅了嗅，好像還真的有一股桃子的香氣呢！

正這樣遐想着，忽覺一片柳葉落在我的頭髮上。拈下一看，竟還是綠色的呢！我笑了，「這一定是個小好奇！看到姐妹們紛紛落下，也忍不住跳下來。」我將它弄成一隻樹葉哨子，「必必」地吹起來。聽，多像牧羊人悠揚的笛聲！

我找來一根細繩，把樹葉一片片串起來，放在頭頂。哈，真有趣。我變成一個頭戴金冠的「王子」了！

秋天真奇妙。看，連落葉都如此有趣！

課文有許多的修辭方法與描寫技術，卻違背天理人情。樹木在秋天落葉，是雨水不足而要自保元氣於軀幹，乃生機之凋謝，而課文竟說落葉如暮春三月亂飛的蝴蝶與黃鶯。所謂「暮春三月，草長鶯飛」，四時季節，是抒情與歌詠之首；日本十七音節之俳句，當中規定要有季節之字，也是教人不要離棄四時。

課文又說，樹葉要落下，是為了在小河上航行，連河水都鼓掌歡迎它的。綠色的柳葉墮下，竟說是要與枯葉姐妹一起玩耍。閱罷課文，目迷黃金，倒懷疑出版社漏了一句：

❶《現代中國語文》，漢語拼音版，小五上，第一冊，香港現代教育研究社，二〇〇六年初版，第二次印刷。課業四〈秋之落葉〉，頁二十八。課業五〈城門河的秋色〉，頁三十三。

「以上課文，由金大福金銀珠寶公司特約撰寫。」

悲哀不利於消費社會，政府又宣傳精神健康，於是課文刻意回避「悲秋」這個中外文學慣見的母題，寫歡樂秋天，然而，寫出來的，卻是搗亂季節、破壞感情的精神錯亂文章。例如綠葉見了黃葉，要跳下來一起玩，這不是模仿式的自殺（copycat suicide）麼？課文中的孩子，是自說自話，只顧自己玩樂的瘋癲小孩，這是我們要培育的下一代麼？課文原本要貫徹精神健康的「主旋律」，卻事與願違，變了傳授感情錯亂、拿苦楚來玩樂的癲狂者的聯想技術。修辭方面，奇技淫巧，亂吹一通之後，結尾卻是詞窮理屈，用了思想貧乏者的口頭禪「有趣」來總結。這篇課文，interesting enough，乃某位香港名作家編撰，真箇耐人尋味。[1]

最緊要健康

隨後一篇〈城門河的秋色〉，繼續歡樂今宵。開首是「夏天悄悄地走了，城門河已換上秋裝。你想到那裏走一趟，尋找秋天的蹤影嗎？」然後作者察覺，「秋天真的來了。」之後，作者開始健康鍛煉，早上起來跑步，做健身操，但依然不忘黃金和珠寶，連城門河污泥裏面也幻想有寶藏：「水波之上，光影如金子般閃爍生光。那一刻，你可聯想到：奇妙的水底是否蘊藏着無窮寶藏？」

結尾，當然又是健康：「誰說秋天的景象蕭條？來吧，請走近城門河畔，隨意欣賞金秋的美景！……」香港的教育是有毒的，因為它掌握在毒政府和毒商人的手上。兩者攪和了幾十年，如城門河床裏的淤泥。

《明報》
二〇〇九年十一月三十日

❶ 課文註明由韋婭改寫。

殘存字牌

在沙田城門河漫步，總會看到兩個鋼板字牌，字體剝落，模糊不清，一塊更遭人踢得變了形，但依然屹立河畔，並未除去。也許城門河的水質雖然略有改善，但河魚仍可能含有重金屬或大腸桿菌，能否安全食用，令人狐疑，警告鐵牌仍是需要的。

警告牌屬於劣作，不少文友也有同感，幾年前就叫我寫文章評論。中英文抄錄如下：

警告

此河中之魚類可能受
到污染，不適宜食用

沙田區議會示

Warning

The fish caught in this river

may be contaminated and not

suitable for people to eat.

中文字的斷句異常，「受」字後面的「到」字隔斷了，令人難明。「魚類」乃多餘之詞，寫「魚」就可以。這是香港官府的中文怪癖，喜歡用雙音節的複詞，例如牛、雞、豬、狗，均要加個「隻」字在後面，變成牛隻、狗隻之類。「可能」是白話，不配文言的「之」。「不適宜」也是濫用複詞，寫「不宜」就可以。本來可以寫「不安全」之類，但也許河魚仍可安全食用，但味道不佳，故此仍是寫「不宜」為佳。英文的 caught in this river 有鼓勵捕魚之嫌，也是不必。Not suitable for people to eat 更見累贅，寫 not fit to eat 就可，這是香港學生總學不到的地道英文。

中文警告牌，修改如下：

警告

河魚或受污染，不宜食用

英文修改如下：

The fish in this river may be contaminated and not fit to eat.

近年大陸人愛食龜補身，令龜有價，不論是金錢龜、草龜，都有人收購。城門河畔和巴士站，偶然就見到一個異常簡潔的貼紙，寫上：「收龜」，然後是手提電話。貼紙都是斜貼的。在深水埗和旺角也見到有人在路牌後面偷偷用箱頭筆寫「收龜」的廣告。

野生金錢龜是受法例保護的動物，不能捕捉的，草龜就不在此限，這個民間廣告，

位於合法與非法之間，故此不能張揚，但為了醒目，吸引注意，有時用斜貼的方法。廣告是寫給行內人看的，故此文句簡潔，「收」就是收購，不是收藏。若是由官府來寫，非要寫做「收購龜隻」不可，笑死人了。

《明報》
二〇一二年三月三十日

三國宴之文字驚魂

古小説之中，《紅樓夢》寫飲宴最多，《金瓶梅》次之，《水滸傳》、《三國演義》甚少。《紅樓夢》與《金瓶梅》都寫豪門奢華生活，菜單依法炮製不難，《水滸傳》與《三國演義》寫征戰之事多，飲食遊樂之事少，水滸英雄飲食粗獷，曹操與劉備煮酒論英雄，也是借酒論世情，志不在食。

電視《三國》及電影《赤壁》之後，酒樓推出「三國宴」，都是借助小説情節，別出心裁，用食物象形，附會桃園結義、三顧草廬、草船借箭、火燒連環、八陣圖之類。桃園三結義，用鴨、乳鴿及鵪鶉做劉關張，

「點心篇」寫錯字

加入百葉結及乾桃花清燉，象徵桃園結義。❶看是好看，味道如何，就見仁見智了。香港鴻星酒家近日也湊熱鬧，推出三國宴，造型趣緻，賣相討好，可惜有人告知筆者，廣告寫錯一字，「點心篇」寫為「點心編」，大大隻錯字，可謂觸目驚心。

細察此廣告，也略有文采：

> 一百多年的歷史，濃縮成一百二十回的小說。流傳於中國千年的歷史間，經歷時間的洗禮，詩人墨客的品評，至今仍教人津津樂道，膾炙人口。

❶ 見林依純，〈江山如畫三國宴〉，《信報》副刊，二〇一二年四月十一日。

用美食說故事，揉合經典與創新，邁向二十五周年的鴻星集團將核心價值「創與學」展現於美饌佳餚，把一幕幕驚險的場面轉化為各式各樣的餐飲驚喜，以色、香、味把三國再次繪畫出來，多角度品嚐三國的美妙，重新體驗三國的精彩。

首先，《三國演義》並非「濃縮」了歷史，而是演化為情節動人的傳奇故事，有些情節寫得比《三國志》更詳細的。中國歷史是幾千年，不是千年；「歷史」流傳於「歷史間」，又「經歷時間的洗禮」，同義三反覆，令人莫名其妙。浮詞濫語充斥，就因為文學素材不足，只好胡言亂語。「用美食說故事」的一段，屬於慣見的宣傳文案，不過不失，但也可以融合古人詞意，改寫如下：

大江東去，浪花淘盡英雄。三國歷史久遠，事態淒美多姿，《三國演義》有生花妙筆，劉、關、張與諸葛亮，曹操與孫權，漁樵閑話，寫得個個栩栩如生，戰鬥曲折離奇，盡顯權謀與驍勇，騷人墨客，自杜甫至蘇東坡，於三國之事，亦吟誦不絕。適逢鴻星集團二十五周年慶典，將公司之「創與學」發揮於庖廚，三國勝景搬上樓臺盛宴，驚險場面變作美饌佳餚，色、香、味俱全，貴客舉箸品嚐，千古英雄人物，如大浪淘沙，盡化一席佳話。

《明報》二〇一二年四月二十日

龍井茶葉小籠包

應用文不深奧，但要做到內容樸實而不入板滯，文體要合乎規矩而不落俗套，有時比寫詩更難。例如寫傳統食物，就要用古雅語言，不能玩弄新詞。月前到某中學演講，獲贈一套某本地茶莊經銷的茶葉禮盒，裝潢高貴，說明書的紙張厚實，可惜文字卻是半生不熟，讀之興味索然：

> 杭州明前龍井[1]
>
> 龍井茶場分佈在浙江省杭州市，以獅峰龍井最為優質。清明節前，初春回暖，茶農每於晨曦開採嫩芽，隨即在午前製成茶葉。茶葉扁平挺直，前端尖削，長短均勻，色澤翠綠微黃。茶湯清澈杏綠，香氣清新，滋味鮮爽。

如不識茶事，撰寫此等簡介，可查看書籍或網上介紹，文體可參考唐人陸羽《茶經》、明人張岱《陶庵夢憶》之賞茶小品，略作淺白即可。上面一段文字，乍看不過不失，細看慘不忍睹。杭州天下聞名，「浙江省杭州市」是行政語彙；「優質」是香港官僚話，英文 quality 之劣譯。「每於」是通常（often），不是「必於」（always）。「開採」是挖礦砂男工的筋骨勞作，並非採茶女之繞指之柔。既曰「前端尖削」，又何來「長短均勻」❷？

是文可修正如下：

杭州明前龍井

龍井茶以杭州為地道，而獅峰所出者為上品。為取其嫩芽，清明節前，乍暖還寒，茶農必於晨曦採摘，趕在午前炒製，以存其鮮，謂之明前龍井，為龍井中之極品。茶葉片片扁平挺直，前端尖削，長短均一，色澤翠綠嫩黃。茶湯鮮香，清澈杏綠，飲之神怡氣爽，餘韻悠長。

❶ 福茗堂茶莊。二〇一〇年包裝。

❷ 此處應是指茶葉整體看來，長短均勻，故宜在句前加「片片」之類，「均勻」乃計算之語，大殺風景，也宜改作「均一」或「均齊」。

日前食小籠包，餐桌墊紙之介紹甚好：

某某拉麵小籠包 ❶

小籠包早在北宋年間，已是坊間極普遍的民間小吃，因為形態細小精美，以小竹籠蒸製，故名「小籠包」。某某極品小籠包，每件均灌以上湯，皮薄餡靚，肉味鮮美，汁量飽滿，口感豐富。

小籠包乃市井之食，寫此俗物，不必如茶葉優雅，但也要修飾「坊間……民間」、「細小精美」等囉唆話，避免「口感」等小資產階級廢話：

小籠包形態纖巧，以小竹籠蒸製，故得此名。北宋以來，已是坊間流行小吃。某某極品小籠包，皮薄餡靚，灌以上湯，嚼之肉汁滿口，鮮味絕倫。

《明報》
二〇一一年十一月四日

❶ 翡翠拉麵小籠包，此店源自新加坡之飲食集團。

有效治療，無法治好

近日電視廣告，經常出現「有效什麼什麼」之類的講法。例如政府未實踐政策之前，便説該政策有效協調、提供有效的溝通平台之類，未做事先表功。

以廣告而言，有效這個詞，最常在醫藥廣告出現。某些舒緩肌肉痛、喉嚨痛、心理壓力、失眠的藥物，政府的醫藥廣告條例規定不能説治療，要説改善、舒緩、鬆弛神經、止痛之類，以前的廣告只是説舒緩頭痛、減輕經痛之類，現在的廣告不怕散佈語言迷霧，多數講「有效舒緩頭痛／喉嚨痛」之類了。

在舒緩之前加上有效，是用語言幻術騙人。想一想，舒緩已經很清楚，再加「有效」，豈不啟人疑竇，此地無銀三百兩？「有效」削弱了舒緩的承諾，好像「高度自治」、「高度自由」限制了「自治」和「自由」的範圍一樣，是自欺欺人的蠱惑詞。正如政府説的有效協調、有效改善，是暗地假定協調和改善工作原是無效的，除非加上「有效」

來形容，否則市民不應假設政府的措施是有效的。這是減低市民的政治期望，是精密計算、但非常惡毒的觀念植入。

舉個例，如果某特效藥說「有效治療」暗瘡，廣告是動聽了，語義上卻是蠱惑的，治療是醫治好的意思，加上有效，豈非自相矛盾？說可以醫治、迅速治療、保證治愈之類是斬釘截鐵的承諾，有效治療便是語言蠱惑，要人食多幾劑藥，例如某清熱解毒的沖劑廣告，說服用一包無效，便再服多一包吧。

上世紀六十年代的舒緩藥物廣告很老實，寫「有助舒緩失眠」、「有助減輕傷風症狀」，用的副詞是「有助」而不是「有效」，毫不誇張。當時香港人口增長到二三百萬，各種新藥和藥廠競爭激烈，報紙和街頭廣告花樣百出，但語言並不誇張。現在舒緩性質的藥物的品牌剩下幾個，連鎖藥房又壟斷商場舖位，廣告見到的止痛藥只有一兩種，用的卻是不老實的推銷語言。

語文基本功

文言難，白話也不易——讀張中行《文言和白話》有感

國學大師章太炎曾向推動白話文運動的劉復（劉半農）說：「白話文不自今日始。」《詩經》裏面的詩，很多是當時的白話，《左傳》裏面的對白，也是當時白話。唐朝的語錄、變文，到今日仍可以讀得明白，例如禪宗六祖慧能的《壇經》，現在的人也毋須太多語體註釋就讀懂。到了宋代，文人的白話著述流傳甚廣，明代更將白話的說書著錄為小說文本，於是有《三言兩拍》、《水滸傳》、《西遊記》等白話文學，連帶《三國演義》、《七俠五義》等淺白文言小說，幾十年前的小學生也視為課外讀物，當年很多坊間的印本都無註釋，電視台改編，也是盡量採用對白的原文。於是我們小學生的時候也懂得「先生屈駕光臨，有失遠迎，望祈恕罪」、「相請不如偶遇，就到寒舍飲杯水酒好麼」、「何以見得呢又」之類的客套。豈有如今日的大陸人，稱己妻為「夫人」，稱自家為「府上」，店舖搬家，門口自貼「喬遷啟事」？

張中行的《文言與白話》（一九八八初版，二〇〇七重印），就講述了文言與白話的悠長歷史，文言與白話是彼此互相交通的，難分難解的。你誤以為是文言的，其實是古老的白話。你以為白話容易懂，其實文言更容易讀，因為白話到了下一代，失去口傳之後，很多語彙變成「死語」，無從稽考。

寧馨兒、阿堵物、莫須有

《詩經》很難讀懂，因為很多詩歌是民謠，是白話詩，那白話經歷戰國與秦朝之後，山河變色，士庶流徙，口頭傳承斷了，就難解了。《楚辭》難讀，也由於內含太多失傳的楚國白話。反而文言由於有既定的通行語彙，承先啟後，歷代傳承，到了現在，我們也可以讀懂《史記》。

至於讀《史記》，敘述的部分用文言，容易讀；對話的部分用白話（漢朝的白話），就好難讀。《史記・陳涉世家》記載，陳涉稱王之後，榮華富貴，窮鄉里來探他，便感嘆：「夥頤！涉之為王沉沉者。」夥頤就是白話的感嘆詞，沒得解的。❶魏晉史書的「阿堵物」（此物）和「寧馨兒」（如此孩兒），都是口語。寧馨後來改換語義，變成俊秀美好，合音之後，在粵語口語傳承下來，就是那個「靚」字，問你服未？宋朝秦檜向岳飛講的白話「莫須有」，我們仍在用，但意義如何，就眾說紛紜，考證不出，要等到近代語言學家呂叔湘，才考據出是「恐怕有」、「別是有」的意思，方始有個定論。❷粵語的「怕且有」，也只有粵人明白。宋朝的口語詞「恁」，例如歐陽修的《玉樓春•酒美春濃花世界》詞：「已去少年無計奈，且願芳心長恁在。」那恁字不是艱深的文言，原來是廣東人依然掛在口邊、但變了音的「咁」。粵語很多語助詞，今日有些講普通話的北方人視為「南蠻鳥語」，其實是古代的白話。

《尚書》（書經）難讀，不是由於用的是文言文，而是用的是周朝的口語。《三國演義》可以流行，是由於敘述和對話都用了簡淺的文言；《水滸傳》有些難讀，是由於對話用了宋朝的山東白話。然而，由於不用白話來寫對白，《三國演義》的人物性格塑造不及《水滸傳》之豐富與細膩。這些觀念，都要弄清楚的。

誤以為講話容易

口語先於文獻，口傳先於刻印，這是無可置疑的，所謂文言，是基於白話基礎，不同語區的人聚在一起，要寫或者講某種大家都明白的語詞套式，就成了文言。漢朝是中國文化最為關鍵的朝代，除了經典（五經）、祭禮（周禮）、行政領域（郡縣）及官制（儒官）之外，最重要的，是中國的文字和言談方式在漢朝定下。漢朝有字典（《說文》），簡易、明辨而優美的漢字書寫方式（漢楷），並有中國歷史的故事講述方法：《史記》和《漢書》。歷代文人讀書，必須精讀《史》、《漢》，否則難以掌握最先的漢文敘事方法。

文言是通用中文（英文可稱為common Chinese）的根底，也是接通漢土和周邊古漢

❶ 頁一八四。

❷ 頁一九〇。《宋史‧卷三六五‧岳飛傳》：「獄之將上也，韓世忠不平，詣檜詰其實，檜曰：『飛子云與張憲書雖不明，其事體莫須有。』」

文區（日本、韓國、越南）的基礎。很多香港的老師、家長或學生以為白話容易而文言困難，為了寫好白話，便要學普通話。其實白話也是很難寫得好的，有時比文言更難寫得好。文言只是詞語偶有古奧，但有規格可循，有辭書可解，自漢朝之後就定型，也不受方言限制；白話則規格鬆散，而且是否以方言入文，依方言寫作之後的文句韻律如何，其他省市的人讀起來能不能解，後世的人讀了能不能解，嚴肅的作家、官方的秘書落筆的時候，這些都是要考慮的。即使依照北京方言或中州方言，也要考慮能否通解及文句韻律的問題，能否望文生義、文句鏗鏘，不是真的可以「我手寫我口」。

近人周作人有「雅致的俗語文」觀念，認為現代白話文應該揉合古文、口語、方言、西洋語彙與句法，切中「我手寫我口」的謬見：

我平常稱平伯為近來的一派新散文的代表，是最有文學意味的一種，這類文章在《燕知草》中特別地多。我也看見有些純粹口語體的文章，在受過新式中學教育的學生手裏寫得很是細膩流麗，覺得有造成新文體的可能，使小說戲劇有一種新發展，但是在論文——不，或者不如說小品文，不專說理敘事而以抒情分子為主的，有人稱它為「絮語」的那種散文上，我想必須有澀味與簡單味，這才耐讀，所以它的文詞還得變化一點。

以口語為基本，再加上歐化語、古文、方言等分子，雜揉調和，適宜地或吝嗇地安排起來，有知識與趣味的兩重的統制，才可以造出有雅致的俗語文來。我說雅，這只是說自然大方的風度，並不要禁忌什麼字句，或是裝出鄉紳的架子。平伯的文章便多有這些雅致，這又就是他近於明朝人的地方。

——《燕知草》跋

白話是用來創新思想的

即使開口講話，都要邊說邊想，不斷調整過來的，看看對方是否明白，我能否講得更好一點。講話並非容易的事，「我手寫我口」的說法，之所以可以迷惑人心，大概就是以為講話純是肌肉動作，書寫是思想動作。文人寫白話，絕不是鬧着玩，貪圖低俗，容易流傳，而是要開動思想，只有活潑的白話才可以擺脫文獻羈絆，創新思想，禪宗的語錄、機鋒，宋明理學家的語錄，如王陽明的《傳習錄》，用的就是白話。

民初用洋化的白話，創新了什麼思想呢？有幾多部哲學思想巨著留下呢？白話文的方向，是否應該再回想一下？

《明報》
二〇一一年十月九日

與張愛玲開個玩笑

畫家要模仿名畫，演奏家要拜師模仿名家手法，舞蹈家要參照名師演繹，好多寫作人卻輕視模仿，以為語言能力是天生的，識講識字識思考就夠了。臨摹是傳統創作的必經階段，也是經常要溫習的基本功，我鍛煉文筆的其中一個竅門，就是臨摹和觀摩。

少年時代，案頭有一本香港土製的會考天書，書名類似《中學生作文指南》，仿效英文的詞林（thesaurus），用主題分類，如森林、河溪、少女、勞工、垂危、葬禮之類，剪輯近代作家辭章。我童年家貧，書不多，《指南》先是抄襲，後是模仿、比對，最後竟然是改寫。中學上課的時候，遇到古文，多是練習文言轉寫白話，我卻兩邊都做，將民初的作品轉寫文言，有時也用文言作文交功課，老師看了就皺眉，給的分數很低，總是說：「不像！不像！不是古人筆法，頂多是明清小品。」十幾年之後才知道，老師評語不壞。時代變遷，文心不同，民初的作品，文筆能回復到明清，也很可觀的了。

文言與白話，界限不分明（按：正如此句）。當代白話散文轉為淺白文言，有時不過是語言精煉些，句法舒展些，意興倒是各有擅長。要是有些現代白話散文，轉回明清的淺白文言而一句動不得的，那就證明寫的真是現代事，用的也真是現代文。我說的是張愛玲，那是一句都動不得的現代中文。

舉她早期的短篇小說《封鎖》為例。敘述的是一個假戲真做，疑幻疑真的城市情事。戰時的上海，街道封鎖行車，原本公共流動的空間，忽然變了困鎖人的私人空間，賺來的時間，幾十個城市人逼逼仄仄在裏面要找事情做。受家事困擾的呂宗楨，車內遇到一位想追求他女兒的遠房親戚，不想認他，便與隔鄰的年近三十的大學教師吳翠遠攀談起來。呂談的都是自己，中年缺愛情，想離婚想自由，吳覺得此人可笑，但自己也芳心寂寞，聽久了竟然喜歡這位中年人，平平淡淡的令人舒服，中年人的手也搭在自己的座椅背上，有所行動了。忽然：

> 街上一陣亂，轟隆轟隆來了兩輛卡車，載滿了兵。翠遠與宗楨同時探頭出去張望；

出其不意地，兩人的面龐異常接近。在極短的距離內，任何人的臉都和尋常不同，像銀幕上特寫鏡頭一般的緊張。宗楨和翠遠突然覺得他們倆還是第一次見面。在宗楨的眼中，她的臉像一朵淡淡幾筆的白描牡丹花，額角上兩三根吹亂的短髮便是風中的花蕊。

他看着她，她紅了臉，她一臉紅，讓他看見了，他顯然是很愉快。她的臉就越發紅了。

我要改寫的是第二段，改回明朝《三言》作家馮夢龍的筆法，分兩個階段，首先是簡練的近代白話，其次是明朝馮夢龍的白話：

階段一：他看見她紅了的臉，心下愉快。她被人見了紅臉，臉就越發的紅了。

階段二：他見她紅了臉，心下寬快。她知曉他在看，臉就越發的紅。

階段二的轉寫，文筆優雅、節奏也好，但全不是味兒。張愛玲的原句，貌似簡單白話，卻用了貌似蹩腳的、開玩笑似的頂真句（「他看着她，她紅了臉，她一臉紅，讓他看見了」），用文字節奏，顯示男人觀看與女人臉紅的連環反應，顯示呂與吳的感情跳躍，緊張、滴汗、尷尬，這卻也是戲謔的、荒謬的：哪有愛情是這樣像連環圖一般的發生的呢？短短的、笨手笨腳的句子，卻如詩一樣地多意義，但卻也不是詩，而像打油詩，就如電車封鎖期間兩位男女令人心動的也永世難忘的調情。

潤飾不得，優雅不得，最淺最笨的句子也不能動，張愛玲寫的是現代中文，這就證明了。

《明報》
二〇一一年十一月十五日

「現代漢語」打散中文

文言難寫，白話文也不易。「我手寫我口」原是誤導，講話與作文，從來都需要鍛煉。白話文一詞，有個提醒大家要修養的「文」，近年流行的現代漢語，用了個「語」，令人以為講的是漢語寫的就是漢語了。

現代漢語本是語言學名詞，濫用之後，變成語文懶鬼的通行證，將中文打得魂飛魄散。劣性的現代漢語就是懶散的文字，沒有傳統的詞句、精煉的成語和對仗的章句，參差不齊，粗陋無文。

先舉兩個短句。某老年保險廣告說：「購買高齡保險，避免造成子女的負擔」。明明可以寫通俗的、也是優雅的中文「以免負累子女」，卻用了「造成……負擔」的結構。某公立醫院的藥房貼了告示：「就已付的藥費，不予退回。Paid medical fees will not be refunded.」這是官式的現代漢語了。用對仗工整的傳統中文，意義也不見得少了：「已付藥費，概不退回」官方以為傳統的中文，不如加了個邏輯虛詞「就……」的現代漢語嚴謹吧？然則，英文本也沒 regarding 之類的邏輯虛詞。況且，「概不」也傳達了英文 will not be 的堅決果斷。

翻閱雜誌，讀到一篇書評，有這一段：「韓寒捨棄隨便可得的商業收益，辦一本不那麼討權貴胃口的雜誌，成為一個很多人口中的公共知識分子。」這不是我手寫我口，因為話沒講完，閃爍其詞，真要讚他，話該這麼講：「韓寒本來順着路子，不愁吃穿，但這傢伙偏要辦一本開罪權貴的雜誌，結果闖出一片天，成了聞名的公共知識分子。」

文章可這麼寫：「榮華富貴，韓寒唾手可得，但此人偏要為民請命，辦一本開罪權貴的雜誌，結果自成一家，成了眾口稱譽的公共知識分子。」

《明報》
二〇一一年十月七日

「天空是藍色的」不是中文

設想，民初的學堂，容許白話入文了。某日，古文老師走過留洋歸國的中文老師的書桌，見了學生在習作簿抄寫一句：「天空是藍色的。」後面拖着圓圓的句號。古文老師來了脾氣，禁不住評說：「濫情直露，無病呻吟」。新派老師大惑不解，反駁道：「噢，這是全然合乎語法的中文啊。」他的英文語言知覺，本來要說「Oh come on! It's perfectly grammatical Chinese.」，但到底是中文老師，話就吞回去了。

大勢已去，古文老師辭職回鄉。追隨古文老師的學生愈來愈少，一千學生之中，不到一個；追隨新派老師的，一千學生之中，有一千個，因為公費學校都用新法教學了。古文老師也安分，他想，即使在唐明王的年代，聖賢在位，千人之中，也只有一個是識字能文的吧。

無端沉重，語言躁狂

英文的 is，變了中文，就是「是……的」？北方口語，「你這個做得不對」，是平常話。「你這樣做，是不對的」，是教訓語。粵語「你咁樣做，唔啱」與「你咁樣做，係唔啱嘅」，也有分別。北方話的「是」，粵語的「係」，不等同英文的 is，不是文法字，是語氣字，加強語氣的襯詞。庶民口語，謂之白話：「今天呀，有藍天啊。」「嗯，你看，天晴了噢。天色真藍啊。」「天空是藍色的」是洋話，不是白話。語言思維仍未洋化的唐人，如斯沉重之言，豈會隨口而出？

若是作文，至少要兩句對照，始可發沉重之言。「天空是藍色的，但我的心卻只是灰暗。」「天空是藍色的，但我的心卻是一片的灰。」寫日記，也該如此吧：「昨夜陰霾密布，今晨卻是一片湛藍。」然則，何以小學生不問前文後理，便要被迫造「天空還是藍色的」這樣的句？這是教 A 貨英文，不是教中文啊。前文後理不識得，練習簿上，句句都是重話，學生不知何謂含蓄，一開口就吶喊，人人語言暴戾，得了語言躁狂病而不自知，滿口的強烈抗議、嚴重同意。

用耳來寫，還是用眼來寫

不懂得說話，就聽不出語氣輕重，寫不了白話文。中國明清時期的白話文或通俗古文，如《西遊記》、《三國演義》、《水滸傳》、《金瓶梅》，前身是詩話、詞話或評話來的，來自說書人的唱本或話本，口講而耳聞。話長則氣短，句子只能長短有度，無論情節如何複雜，都要不徐不疾，娓娓道來。如下列一段《西遊記》，講齊天大聖孫悟空在天宮偷食蟠桃，即使不懂得作者的江淮話，用京腔或粵腔唱誦出來，也是暢通無阻：

大聖看玩多時，問土地道：「此樹有多少株數？」土地道：「有三千六百株：前面一千二百株，花微果小，三千年一熟，人吃了成仙了道，體健身輕；中間一千二百株，層花甘實，六千年一熟，人吃了霞舉飛昇，長生不老；後面一千二百株，紫紋緗核，九千年一熟，人吃了與天地齊壽，日月同庚。」大聖聞言，歡喜無任。當日查明了株樹，點看了亭閣，回府。自此後，三五日一次賞玩，也不交友，也不他遊。

一日，見那老樹枝頭，桃熟大半。他心裡要吃個嘗新，奈何本園土地、力士並齊天府仙吏緊隨不便。忽設一計道：「汝等且出門外伺候，讓我在這亭上少憩片時。」那眾仙果退。只見那猴王脫了冠服，爬上大樹，揀那熟透的大桃，摘了許多，就在樹枝上自在受用。吃了一飽，卻才跳下樹來，簪冠着服，喚眾等儀從回府。遲三二日，又去設法偷桃，儘他享用。

——第五回〈亂蟠桃大聖偷丹　反天宮諸神捉怪〉

民初新派的白話文，很多是從語法造句來的，如砌磚積木，可長可大，不知何處收筆。現代白話用的是目力，而不是聽力。近年用電腦鍵盤輸入中文，更可隨意插話，延長句子，很多文章的長句，用眼看也不明白，讀來更是氣為之斷，無法口誦而耳聽的。即使是通俗的報紙文章，夾雜粵語，也因為記者用寫字而不是誦讀的方法來寫作，變得冗長難讀：

酷熱天氣下，市民在戶外連走幾步路也難受；在暴曬環境下擔擔抬抬的建造業工人，苦況可想而知，工會指近日便至少有兩名紮鐵工人在高溫天氣下工作致死。偏偏特首曾蔭權卻不知工人疾苦，昨天到模擬工地視察時，竟然在酷熱天氣下向學員大講風涼話，指打地盤工較在辦公室冷氣房更好，「少啲激氣」。此話一出各界狂轟，職工盟李卓人批評曾蔭權「涼薄」，紮鐵工人更力促曾蔭權到地盤打工，親身體驗工人之苦。❶

「連走幾步路也難受」，是「一連走了幾步路」，還是「連走路也難受」？「高溫天氣」、「酷熱天氣」，抽象又概括，是天文台的科學之語，不是百姓之言。若是邊寫邊讀，或以前看的舊白話小說夠多，便可如此寫來：

烈日當空，在戶外即使行幾步路也難受；頂無片瓦，建築地盤上蒸下烘，工人擔擔

❶〈巡工地竟説：冷氣房未必好，呢度少啲激氣　酷暑風涼話　特首辣㷫地盤工〉，《蘋果日報》，二〇一〇年八月十三日。

抬抬，真是有苦自己知。工會便説，近日暑熱之下，至少有兩名紮鐵工人因工致死。偏偏特首曾蔭權卻不知人間疾苦，昨日到模擬工地視察，竟然在大熱天向學員講風涼話，説打地盤工好過在冷氣辦公室，「少啲激氣」。此話一出，各界狂轟，職工盟李卓人批評曾蔭權「涼薄」，紮鐵工人更力促曾蔭權到地盤試工，親身體驗勞作之苦。

脱離範文，何以教學

中文是孤立語（isolated language）、聲韻語（tonal language），詞是單音節，字是方塊字。要聽的話、看的書夠多，外加戲曲、話劇，才掌握得了語句章法，聲韻節奏。英文是屈折語（inflected language）[1]，多音節語，有形式語法可循，勉強可以用語法教學來輔助作文造句，但中國語文是要在作品之中，在範文的語境（context）之中教的，不是在機械式的文法造句之中教的。獨句不成章，脱離文學作品的語境來教學，學習主詞、補語、定語、狀語，造孤立的句子，是亂來。

舊日的私塾學生要讀古文，作對聯，而不是讀小品，造單句。背誦古文、吟詩作對，確是辛苦，但兒童腦內之語言區應變力強，舉重若輕矣。文章和對聯，學的是在語境之中互動，學的是聲韻鏗鏘、遣詞得當，先學如何匹配勻稱，發而中節，日後再獨樹一幟，自成一家。

私塾三年畢業，出口成章。在香港的公立學校學中文，十幾年都係得個桔。原因很簡單，一來是文化殖民，二來教育變了官僚產業，教學愈失敗，產業愈發達。非此，何來終身學習，持續進修？

《蘋果日報》
二〇一〇年八月二十二日

❶ 相對於現代的德文和西班牙文，現代英文是弱化的屈折語（weakly inflected），古英文或中古英文才算是屈折語。

啟蒙讀物，虛實分明

教習散文節奏，我喜歡先用英文散文為例，如梭羅（Henry David Thoreau, 1817—1862），〈論散步〉（Walking），選自《湖濱散記》（或譯《瓦爾登湖》，*Walden*, 1854），講述散步之前的準備：

If you are ready to leave father and mother, and brother and sister, and wife and child and friends, and never see them again; if you have paid your debts, and made your will, and settled all your affairs, and are a free man; then you are ready for a walk.[1]

此文來自《馬太福音》第十九章二十九節：everyone who has left houses or brothers or sisters or father or mother or children or fields, for my sake, will receive a hundred times as much, and will inherit eternal life，而梭羅將之改寫，青出於藍。

中文急救

梭羅文中，father、mother、brother與sister，乃雙音節詞；wife、child與friends，乃單音節詞，為了音節之對仗，梭羅不寫children，而用child指代複數。Friend與again押韻。Paid your debts與made your will在意義及音律都是對仗。Settled與affairs是雙音節詞，為了音節對仗，不寫business等詞。Free man是高揚的元音，結尾的walk也是響亮元音，屬於平聲，用以收結。整段文章，讀來琅琅上口，猶如中國古文。

劉義慶《世說新語》〈任誕〉篇，講名士王子猷之狂態，實字多，虛詞少，文章輕快：

> 王子猷居山陰，夜大雪，眠覺，開室，命酌酒。四望皎然，因起彷徨，詠左思《招隱》詩。忽憶戴安道，時戴在剡（粵音jim^5），即便夜乘小船就之。經宿方至，造門不前而返。人問其故，王曰：「吾本乘興而行，興盡而返，何必見戴？」

❶ 全文閱讀：http://www.transcendentalists.com/walking.htm。

同是夜深訪友，蘇軾〈記承天寺夜遊〉，用的虛詞較多，令氣氛舒坦，特別是末後一句，「但少閑人如吾兩人者耳」，虛詞佔了泰半：

元豐六年十月十二日夜，解衣欲睡，月色入户，欣然起行。念無與為樂者，遂至承天寺，尋張懷民❶，懷民亦未寢，相與步於中庭。庭下如積水空明，水中藻荇交横，蓋竹柏影也。❷何夜無月，何處無竹柏？但少閑人如吾兩人者耳。

張愛玲的散文《愛》（一九四四），裏面有一段，也有上佳的散文韻律節奏，虛詞運用精妙，用國語讀之❸，有呢呢喃喃的循環往復之感：

於千萬人之中遇見你所遇見的人，於千萬年之中，時間的無涯的荒野裏，沒有早一步，也沒有晚一步，剛巧趕上了，也沒有別的話可說，唯有輕輕地問一聲：「噢，你也在這裏嗎？」

文術在於虛實、聲韻、學問與人情，古人學文章，是不學而得，今人學文章，是教而不善。究其原因，在於今人不得真源，學校讀的、自己讀的，很多都是劣品。學校課文及參考資料，虛詞濫語連篇，撰寫者不學無術，自欺欺人。

以啟蒙讀本而言，古人讀的識字本《千字文》，開首四字句式，盡以實字領帶：「天地玄黃　宇宙洪荒　日月盈昃　辰宿列張　寒來暑往　秋收冬藏……」《三字經》開首，夾有虛詞之、本、苟、相、乃、以等，以最簡短的三字結構（minimal structure），教習虛詞用法之精要：「人之初，性本善。性相近，習相遠。苟不教，性乃遷。教之道，貴以專……」如是，平正的四字句，與奇險的三字句，不知不覺之間，為學子的中文句式，奠下基礎。《聲律啟蒙》則是音韻與事物相對：「雲對雨，雪對風，晚照對晴空。來鴻對

❶ 元豐三年，東坡因「烏台詩案」遭貶謫，於黃州領一閑職，幾近流放。三年後，友人張懷民亦遭貶謫至此。

❷ 庭院中的月光宛如一泓積水那樣清澈透明，水中藻、荇縱橫交錯，都是竹和柏的影子。

❸ 現代國語源於明清的北方官話，古漢音的八聲、合口音及許多元音、雙元音及高低音韻都脱落了，讀來較粵語（保留最多古漢音的漢語語種）輕清。

去燕，宿鳥對鳴蟲」（卷一・東韻），教習欣賞自然之美。仁義不論，《千字文》、《三字經》教的是語法，《聲律啟蒙》教的是美感（文字的聲音美、大自然的景物美），文術之雙輪，得以運轉。

舊日學子入私塾，讀經典讀《論語》，也是虛實相對，如首篇〈學而〉：「學而時習之，不亦說乎？有朋自遠方來，不亦樂乎？」前句是實字「學」與「習」相對，後句「有朋」要與「遠方」對仗❶，「朋」要加虛字「有」，否則語調不協和。

中文是單音節語，即使是古漢音（例如粵語），有時也難於辨別意義，於是成語、套語便衍生出來，方便傳遞意思。此外，造句除了傳達意思之外，更必須顧及音調齊整，聽起來順耳、舒服。例如口語用普通話說，「學了也沒有用」、「學了等如白學」、「學了不管用」、「學來沒啥用」之類，文書可以用成語「學非所用」、「學無所用」，用成語，不論聽還是看，也容易看的明白。用白話，並非「我手寫我口」，白話也有其語言節奏與規律，例如下列的白話，便經過文辭修飾，有節奏有音調，講、聽和看，都很舒服：

「縱是學了，也無所用。」（明清白話）

「學得辛辛苦苦，到頭來空空如也，一無用處。」（明清白話）

「學是學了，但不管用。」（當代白話）

「學了又怎樣？一點用處也見不到。」（當代白話）

「你進的什麼學校，熬了這麼長的日子，卻啥用都沒有。」（當代戲劇白話）

懂得句式變化，從中選句，方為文體學家（stylist）。做作家或刀筆吏，必須先要掌握文術，才做得文體學家。

文字之虛實與句子之節奏，古文與白話是相通的。白話其實是介乎古文與口語之間的文體，白話一樣需要修飾，白話可以視為古文的淺易版，或口語的高深版。古文學得

❶ 這裏文句的對仗，當然是漢唐以前的對仗，輕省許多，無甚格律。

好，白話也一樣寫得好。口語講得自然、有力，也很容易轉為白話與文言。此中的關鍵，在於讀與聽的觀摩。舉例，今人即使有讀《四書五經》的，很多讀白話語譯的註釋本，而不是《十三經注疏》一類的歷朝注疏本。讀今日的白話語譯，無疑容易明白，卻無法讀到歷朝的文體。例如《論語》，讀宋朝朱熹的註，便可以同時學到先秦的原文和宋朝的文言。讀清人阮元《十三經注疏》之中的《禮記》，先秦的原文之外，更可以讀到漢、唐、魏晉、宋、明、清的歷朝註解，無意之中領略文風的變化。讀明朝白話小說《水滸傳》，可以讀到明朝的山東白話，但如果讀的是金聖嘆的批註本，便可以順便讀到清朝人的眉批。

中國文章的妙境，不是詩詞歌賦，而是史筆。古樸的史筆，是一切文風之基礎，古人中了進士，入翰林院做編修，學的便是史筆。史筆之大成，是漢初司馬遷的《史記》。無暇讀《史記》，可讀魏晉的《世說新語》，史筆一樣簡練。簡樸文書，南宋洪邁的《容齋隨筆》甚佳。如何將古文融入白話，論說文與抒情文如何寫，則可以讀廣東新會梁啟超的《飲冰室文集》。學古拙的白話，可讀明人王陽明《傳習錄》。學精巧的現代白話，可以讀張愛玲的小説。張愛玲傳承明清白話小説和江浙戲曲，用詞與節奏甚妙，乃現代白話之大家也。

講稿整理，二〇一一年四月於嶺南大學

虛實分明，情理兼備

閱讀古文除了傳習儒門正道之外，古人也從中學得文辭之術。所謂文術，大抵有兩端，文義辨其虛實，文句辨其長短。句之長短，何處收結，雖謂出自慧心，也由傳誦詩文日久而得章句之韻律而來，此是日久浸淫，急迫不得也。反之，用字之虛實，卻可馬上得之，而令辭章大進。是故古人論文術，多言虛實，少言長短也。

虛詞純有語法意義，無實物所指，如：是、如何、怎樣、為此之類。正因為其虛無所指，作者思想未有着落之時，好用虛詞，敷衍其言。故此，執筆行文之際，要避用虛詞，文章寫就，也要檢視一番，刪削不必要之虛詞。如我剛才一句，原本是寫「將不必要之虛詞刪削」的，但馬上發現多出一個虛詞「將」字，警覺起來，便改了用「刪削」之實詞開首，文句於是暢通無阻。

清人劉淇《助字辨略》序曰：「構文之道，不過虛字實字兩端，實字其體骨，而虛字其性情也。蓋文以代言，取其神理，抗墜之際，軒輊異情，虛字一乖，判於燕趙。一字之失，一句為之蹉跎，一句之誤，通篇為之梗塞。」馬建忠《馬氏文通》例言曰：「構文之道，不外虛實兩字，實字其體骨，虛字其神情也。」誠如清儒所言，實字乃體骨，虛詞乃神情。初習文章，以體骨為先，神情為後；純熟之後，則首尾相應，虛實之詞應用自如，毋分先後。清人阮元《文言說》，講得更為精到：「寡其詞，協其音，以文其言。」

我教學生寫文章，用四個步驟：

一、寫草稿，口講出自己的意思

二、刪去不必要的虛詞（的、麼、了、嗎……）

三、將聲韻和諧起來，令文句易讀

四、修飾詞彙和句法（加上虛詞、比喻、句式……）

此法與西洋文術相近，英國偵探小說作家艾靈涵（Margery Allingham）說：「我寫文章每段寫四次：一次把意思寫下來，一次把遺漏的全數補上，一次把看來不需要的都刪掉，再一次使全文讀去像剛想出來的。」(I write every paragraph four times: once to get my meaning down, once to put in everything I left out, once to take out everything that seems unnecessary, and once to make the whole thing sound as if I had just thought of it.) [1]

琢磨修飾，並非求工，而是求拙，返回自然。袁枚：「詩不可不改，不可多改。不改則心浮；多改則機窒。要像初搨《黃庭》，剛到恰好處。」（《隨園詩話》卷三）意思是說，做詩不能不修改，但也不能改來改去。不改就心浮氣躁，感情過於直露，改得過分，就窒礙了文章的氣機，顯得造作，不自然。要做到好似初次以紙墨摹印名家碑帖一樣，勾勒得恰到好處就夠，不要過度渲染。

原本飽讀經史，自可為文。晚清忽有作文之術，乃西學東漸之後，西洋理論刺激，乃有分析之理、速成之學。晚明名士、復社巨子張溥嘗言：「夫好奇則必知古，知古則必知經，知經則必知所以為人。至於知所為人，而文已畢精矣。」（〈程墨表經序〉，《七錄齋集》二）經史、知人與為人、作文，本是環環相扣，節節貫通，毋須個別而論。然則今日學子無暇讀經讀史，唯有將速成之法傳授。

說食不飽，現以《明報》社論一例，修而飾之，讀者當可辨明，何謂文詞虛實，何謂文句長短。報章乃急就之章，趕截稿、奔死線之作，如非老手，則文詞粗疏，文句拖沓，在所難免。此社論乃因大陸自由行遊客在香港搶購嬰兒奶粉而成，原文如下：

> 奶粉成為搶手貨，個別暢銷牌子奶粉更出現缺貨情況，不少家長跨區撲奶粉，仍然買不到。嬰幼兒倚賴奶粉為食，而且不能輕易轉換牌子，所以，奶粉缺貨與嬰幼兒健康息息相關，不是小事。當局應該與生產商商討，要求務必提供足夠供應，零售商則不宜讓內地人士悉數掃貨，要適當控制，讓本地家長可買到奶粉，使嬰幼兒不致捱

❶ 轉引自鄺龔子，《煙雨閒燈》，香港：匯智，二〇一〇，頁一四二。

斷糧之苦。❶

今以虛詞實字之原理，改寫如下：

「奶粉供不應求，人人搶購，一二暢銷牌子更是缺貨，家長跨區搜求，也是徒呼奈何。以奶粉為食糧之嬰兒，不能輕易轉換牌子，某些牌子缺貨，不可以小事視之。當局應與廠商磋商，務求供應充足，零售商則不應坐視內地人掃貨，要加以控制，使本地家長有奶粉可買，使嬰兒無斷糧之苦。」

原文頗多語義重複之冗詞，如「要求務必」、「悉數掃貨」、「捱斷糧之苦」之類；「適當控制」，則是虛張聲勢而語焉不詳，既云適當，當言明以何種措施達致適當，否則，說「加以控制」即可。至於「出現缺貨情況」，問題更大，此語是不肯定的猜測語，模模糊糊，是很多官僚喜歡用的文體，然而，報紙的責任卻是要弄清楚事實來報道和評論的，連是否「缺貨」都不敢落筆判斷，還辦什麼報紙呢？這是尋常的語言常識，然則，很多香港人都感受不到，寫社論的人都感受不到，直接將奶粉公司的措辭搬弄到自己的評論欄位之內，協助人家迷惑消費者。

文章修訂，務須做到語義實在，要言不煩。其次，便是行文要多用成語套句，做到章句典雅，又不艱澀，類似英文的 cultivated and idiomatic（有修養，成文章），但不 pedantic（學究氣）。香港人也許懂得欣賞 cultivated and idiomatic English，但中文之章句文雅，恐怕已是乾隆咸豐之事矣。

報紙要官腔，更在行

社論文章，寫「個別暢銷牌子奶粉更出現缺貨情況」，只是改寫為「缺貨」，未有解釋。報社不敢寫「缺貨」，大抵以為寫得直接了當，不夠科學客觀，不若「出現缺貨情

❶〈奶粉缺貨非小事　生產零售須保障本地供應〉，《明報》社論，二〇一一年一月二十九日。

況」穩妥。很多不懂得修辭學的人，以為這種文體很科學客觀，卻不懂得分別，這種迂迴曲折、轉彎抹角的寫法（circumlocution），有其特殊用途，不宜濫用。

五四時代的白話文，鼓吹與唐宋古文決裂，也與宋元白話脱離，寫一種脱離成語或成規、自給自足的散文，例如不説「急於求成」，而寫「取得成功的熱切性過分積極」；不屑寫「難若登天」，而寫「極度艱難」、「其難度非比尋常」之類。這種偽科學散文體（pseudo-scientific prose style）之遺毒，愈演愈烈，整個中國都被這種荒誕文體淹沒。既不文雅，又不通俗，這種文體，我在《中文解毒》稱之為「文癌」。

舉例，二〇一一年初，一家日本奶粉公司的香港門市部，面臨日本海嘯引起核電廠洩漏輻射污染的疑雲，要張貼「安民」聲明，會這樣寫的：

聲明

日本爆發地震海嘯，核電廠受損而洩漏輻射，影響日本東部地區之水土與農產，引致消費者對日本奶品的貨源及安全有所顧慮。本公司保證，代理之奶粉品牌不在災區生產，符合安全規格，並且供應如常，顧客只需購入日常所需之份量，毋須過量購買。本公司將與日本衛生當局及生產商密切聯絡，確保供應香港之奶粉符合安全標準。❶

第一句陳述事實，句句實字，顯得奶粉公司勇於面對現實。假如用「關於」、「有鑑於」之類的虛詞濫語來開首，便顯得閃閃縮縮了。然而，說到消費者憂慮安全，就不宜用主動式，而要用「對……有所顧慮」的迂迴講法，否則便倒自己米。「確保……安全」是承擔之言，必須用主動式，寫「為奶粉的安全取得最佳保證」之類的偽科學散文，就是為自己抬槓。至於「搶購」，也要寫為「過量購買」，不要誣衊顧客為性急的莽漢。

上述的虛擬聲明，說明了中文公文的虛實字用法，乃至直述與迂迴的風格，如何配置使用。這是往日刀筆小吏的常識，但今日就算是中文系畢業生，詩詞歌賦及西洋文學

❶ 可簡化為「確保供港奶粉安全」，然而面對危難，寧取清晰，不取精簡。

理論琅琅上口，臨場要寫一則便箋或通告，便胸中無有一策，只能用虛詞來糊弄。也難怪，今日學中文的人都不從尺牘、實錄、判詞和史地誌的實學學起，反而由詩詞歌賦等遊藝學起。滿紙虛浮，有肉無骨，尋常公文，竟成絕學。

講稿整理，二〇一一年三月於嶺南大學

學好文化，寫好中文

中文易學難精，揚言中文易講易寫的，只是降低了標準，或不知標準為何，以為中文不受形式語法限制，便胡亂拼合文句，勉強製造意思，就放過自己，甚且沾沾自喜，認為文章不外乎將口講的中國話轉成書面語罷了。❶ 講南方話的，仍好一些，知道口語與書面語有段距離，即使是現代白話，也得花一番轉寫的功夫。講北方話的，由於現代白話以北方官話為基礎，便連轉寫的心思都省卻了，以為文章就是「我手寫我口」，將自己當成是出口成文的演説家或説書人了。

好文章出自才情修養與語文知識，才情修養來自世情之體會，個人與外界之感通，語文知識來自經典閱讀與詩文諷誦。中文乃單音節字，即使是音調豐富的粵語與筆劃齊

❶ 所謂白話，與文言一樣，都有書寫成文的規範，都應該稱之為「文話」。

中文急救

整之楷書，要容易讀出意思，讀出品性，也要將字句組合出前後對稱、意義層層遞進的效果，聲韻要鋪排出前後和諧而不板滯的風格。

中國是崇拜文字、尊重文章的民族，唐人以詩文或策論取士，士子要精於辭章，敏於應對，且要書法工整，舉止優雅，始可為士大夫。要熟習中國語文，除了文學與史傳之外，更要建築、書畫、文物、服飾等，體會古人雍容之氣度。如遊覽古建築，處處可見古人題詞、對聯等，可實地感受文化與文字的和諧。天壇的祭天之所，竟無神像，只有「玄天上帝」四字。故宮之大殿叫太和殿，可見帝王以保合太和、生化萬物為本。皇帝行政之處，叫「乾清宮」，皇后棲居之所，叫「坤寧殿」，命名兩相對稱，都以清淨寧謐為務。可見養生與治國，本無二致。

文章文句對仗，聲韻和諧，章句典雅而不造作，讀來也使人神氣充盈，處變不驚。

讀好文章，可以學文，也可養氣焉。

寫一行字，吟一句詩

年前脱離政府，回到大學，教實務寫作和文學創作，前者是通告、聲明之類，後者是散文、小説之類。有人問我，有分別呢，還是沒有分別？

都沒有的，好的應用文與好的詩詞，都要講究用字和韻律，都會透露個性。形式上沒有分別，分別只在於用意。現今很多學校以為文學是另類或異類，或是再高一級的語文形式，於是只須訓練學生的基本語文或應用寫作。於是香港學子的語文和文學，一併丟失了。

我甚至可以說，寫一則百科辭典的條目、草擬一段人人在行走之中快速讀懂而留下良好印象的物業管理處的大堂告示，比寫一首短詩或小説的第一段還要難。物業管理處的告示不必說了，我就從沒讀過一段中文《維基百科》或內地版的辭典的條目，其行文是樸實可喜的。清人阮元《文言說》：「寡其詞，協其音，以文其言。」不論文言白話、詩賦還是條陳，都是同一道理：將無用的虛詞泛語削去，音韻協和起來，再修飾文句，即是先做草稿、再削稿、復朗讀，後增潤，經歷四個階段，好像人生修煉的幾個階段，直至「從心所欲，不逾矩」。例如玄奘翻譯的《心經》「無苦集滅道」一句，便節省了集、滅、道之前的三個「無」字，比舊譯簡潔；但結尾的「無有恐怖」，又增了個「有」字，襯托聲韻。學古文《蘭亭集序》，要用粵語來朗讀，體驗王羲之當時的音韻節奏，要觀摩書聖的法帖，看看書法的行氣轉折與文句的文氣轉折是否相合，還是另有玄義。讀蘇東坡的《赤壁賦》，要連他的日用書信和法帖一起讀。蘇東坡的公務文牘和友情通信，都有心意寄託的。

以前的文人書法亮麗，文章典雅，議論對答如流，便可以出仕。做官寫公文，咬文嚼字，閑來與人唱酬通信，自是尋章摘句。做官做得膩了，便告老歸田，專心讀書，興來便寫文章自娛，行吟松下。在紙筆寫字和對客吟唱的年代，文學如生活的細節一樣，清風明月，自然而然，不是那麼可以純粹提煉出來觀賞的事。一旦可以提純，便要排斥雜質或將正常的成分當作雜質，顯得不自在。數學可以純，一切數學都是純數學；文學卻不能純，「純文學」是令人渾身發抖的名詞。

用毛筆蘸墨汁的時候，吸多少墨汁，便琢磨寫幾多字，字體的鉤捺，可以透現多少思緒。吟唱的聲音，平仄的安頓，可以發露幾多心迹。當文字在今日變成電腦字體或印刷體的時候，見不到筆墨，聽不見聲韻，文學顯得純粹起來。若寫的是殘體字（中共簡體字），字形與物象脱落了；若説的是普通話，語音與意義離散了，文學更是殘缺。

文學純化起來，便是殘缺起來，於是近代的文學研究，廢棄了作者論，不理時代，不理作者的生平、行誼與玩藝。純是看意象和象徵、詞彙文句，或者套一些符號學、後XX主義的東西進去。暫時隱沒作者，或不將作品當作是作者的心迹而當作是作者的夢魘，不看作品想説什麼而要看作者想不説什麼、什麼是作者説不出又被迫去説，於是説出夢囈來的。這種現代的解讀法，古代也是有的，只是古代的人不會偏重，更不會偏廢，不會一味懷疑作者或否定作者，而令文學失去主體，沒了聲音。

文學創作或實務寫作也是，是有主體還是無主體，是文以載道、是文學可以改變人心改革社會還是文學只是作者與讀者之間的心事交流或病態分享，都不要偏重，不要偏廢，不要假設這麼多，好好的寫一行字，吟一句詩，寫好之後，讀出聲音來。文字是後起的記錄符號，即使是最流麗的書法，都可以忘卻的，聲音卻如天籟，不可忘卻。

《明報》
二〇一一年五月九日

面試中文，驚見真章

明朝清朝的八股文教育，士子最少可以學到文句通順和恭敬謹慎，現在的教育，就出產自以為是的垃圾文章。看見這些教育成果，便覺得當今的青年可憐，什麼都被剝奪了。連教育都是假的。要花幾多的公帑、幾多的虛假努力，才可以教到大學畢業生寫這種語文出來？

前幾年不時為公營機構做中文閱卷員，也為一些相識的公司老闆評改考生文章和列席面試，物色人才，見識了當今香港的大學畢業生的中文，連帶以前自己在政府和公共機構做事的所見所聞，忍不住手，便陸續寫了些文章，講解中文章法，是為《中文解毒》系列。近日翻查資料，見有些個別例句，未有收入文章的，仍可拿來一談。這些例句都經我幾番錯綜改編，原作人應該無法辨認出來，不至於尷尬。

一般來說，考生經過中學大學之後，假若教與學俱不得其法，考生的學院式語文（school language）應是調教入骨，病入膏肓了。例如考試問題是：「行政見習人員應該具備哪些才能？」

考生的答案：「行政見習人員是公司將來的管理人才，所以作為行政見習人員應擁有領導才能，為未來管理工作作出出色的貢獻。」

「工作作出」，又是混淆了講話與寫作之別。講話可以在疊字之間停頓，寫作卻要無可避免會因為連讀而費解。這句話用通順中文來寫，是：「行政見習人員須具備（若干）領導才能，可資訓練，將來出任公司骨幹，方可有所作為。」

考生的答案除了語氣不順之外，還假定人才可以訓練，並假定大機構會招聘庸才然後將之訓練成人才的。寫這種答案的，又竟然以商學院的畢業生居多。商學院能否培養出熟悉商場慣例和人情世故的畢業生，可思過半焉。

另一考生答案，論證何謂創新，也是學院式的中文：「只有勇於創新的人才能洞悉前人的過錯，在轉變時刻出現的時候，能夠以最短的時間把它察覺並以適當的策略作回應，是公司成功的重要因素。」

這句話，也忘記了講話與寫作的分別。講話可以在「人」與「才」之間停頓，文句卻不能。「策略作」也是容易誤讀的，不知是「策略作」還是「略作」，「作」字不如刪去。作文要避免「作為」、「作出」這些容易黏附其他語詞而生歧義的弱動詞。虛詞加輔助動詞「才能」是北方白話，用粵語是「先始能夠」（轉音為「先至能夠」），文言是「始可以」／「方可以」、「始可」／「方可」（「始」、「方」在古文是相通的），由此轉出「才能夠」／「才能」的北方白話。我童年聽見老一輩的元朗人講粵語，仍有「始可以」、「先可以」的古老白話，現在一般講「先得」。（按：「先得」是「先始得」的簡短本。）

上面考生的文句，轉為通順或文雅的中文，是：「一般人思想怠惰，即使遇到過錯，也是察而不見。只有勇於創新的人，始可以察人之不察，於危機之際，當機立斷，為公司解除困厄，履險如夷。」

多看古文，再用古文的章句和韻律來寫白話，便會駕輕就熟，得心應手！取法乎上，得乎其中也。寫得上述文句，不論是何科系出身，我都會建議老闆聘用。這種文句，除了文辭優雅、心性平正之外，也顯示思想清晰和勇於承擔，一看便教老闆喜歡。原例句寫「洞悉前人的過錯」，一副自以為是、不可一世的模樣；修改之後的「察人之不察」，則是精明幹練之外，懷抱恕道。往昔朝廷科舉，以文章取士，自有理在焉。

講稿整理，二〇一〇年於嶺南大學

機械文章，不知取捨

考生應試，時間催逼，不經意便展示了十幾年學校教育的「成果」，寫出學院式的中文，例如回答何謂理想的行政見習人員，便如此回答：「行政見習人員應具備三種特徵：富創意、積極進取和團隊精神。這些特質為成為出色管理人員不可或缺的條件。」這種中文無可厚非，只是此人覺得未受過文學教育或歷史教育，不識得配置詞彙，更不識得敘事。所謂敘事，並不是真要講故事，寫小說，而是將事理始末講出。香港學校不着重文史知識，學生又不看史書、不讀小説，只是接受技術員式的操作訓練，學生往往不知取捨，只能用平鋪直敘的描述方法來羅列所有能夠想到的元素，而不是判斷主次與緩急，慢慢講道理。句法方面，「為成為」，兩個「為」字聲調不同，在口語是可解的，但寫為文字，就難以分辨。

通順中文可以如是：「行政見習人員須有三種特性：富於創意、勇於承擔和團隊精神。這樣才可以勝任愉快，出類拔萃。」特徵是外在的，要改為內在的特性。不可或缺的條件，就是必須有、必須具備。「富於創意」、「勇於承擔」和「團隊精神」，四字一排，略見韻律。

若是優雅中文，可作如是：「行政見習人員應是創意充沛、勇於任事和團結盡忠，三者俱備於一身，必可以勝任愉快，出類拔萃。」免除了冒號的標點，「團隊精神」四字，要另加詞語才可以成為動詞或形容詞，與「創意充沛」及「勇於任事」匹配，改為「團結盡忠」，就可以保持四字一詞。遣詞用字，要靈活變通，毋須被「團隊精神」（法文是 esprit du corps，英文的 team spirit）這個尋常術語困鎖住的。

另一位內地考生，文章如此開首，可以讀出胡錦濤總書記的「科學發展觀」來。要請這種考生為行政見習人員，恐怕委屈人才了：

一名行政見習人員，一定要有相當的內在積極性和勤奮好學的心態，在工作崗位上與不同員工和上司建立良好的合作和私底下朋友的關係，不斷要培養和充實已有的一份領導素養，以便在成為了管理層後能更有效地應用和發揮，帶領團隊和公司走得更遠，做得更成功。

這位考生，只有心態，而不好學，也將員工與上司區別開來：上司並非員工，正如黨國長官並不是人民。在公司建立關係，勿忘私底下的情誼。至於更有效、更遠和更成功，就像長官演講的結尾，預留了三個「祝願」的拍掌位。❶

佛教有八正道，以正見、正思維及正語為先。正語來自正思維，要校正上述考生的文辭，先要端正思維，然後才可通達文理：

「行政見習人員必須積極上進、勤奮好學，與公司同仁上下和睦，融洽相處，不斷充實知識，培養領導能力，以便他日晉升為管理層之後，發揮所長，不負公司所託。」

講稿整理，二〇一〇年於嶺南大學

❶ 內地畢業生的思維耐人尋味，理解了，便知道中港應該分開，所謂敬鬼神而遠之。

活用知識，寫好文章

另一求職考試的作文題，是：「課堂學習與生活鍛煉，何種學習模式的效果較佳？」

這題目要求持平辯論，多數考生都是兩邊討好，打個圓場，很少是兩邊反覆比對之後，擇善固執的。要兩者取一，要有自己的判斷，終身辛勤學習，所為何事？而現代之國民學校，其教育目標為何？何解大學之科系愈開愈多，課程愈弄愈複雜，而都市之生活卻規劃得枯燥乏味，令人無法有所體驗？一小時作答一題，時間寬裕，但大部分考生都不能開闊眼界，都是用小學作文的態度來應付，胡亂比喻或說教一番。也許香港或中國的大學教育，目標正是如此。

一位應徵者用了學院式中文寫道：「課堂學習比生活鍛煉好一些。課堂就像溫室保護種子一樣，當種子成長到某一階段，才可接受更多的挑戰。」這位應徵者是讀理科的，

中文急救

到了寫一般議論文章的時候，卻將科學知識丟到九霄雲外。溫室保護的是幼苗，種子是貯存在乾爽的冷藏倉庫裏的。

通順中文這樣寫：「課堂學習比生活鍛煉要好一些。課堂就像溫室保護幼苗一樣，當幼苗成長到某一階段，才可接受更多的挑戰。」

優雅的中文白話及通暢之說理，可作如此：「課堂教育未成之前，學子不可貿然投入生活鍛煉，否則易受摧折而憤世嫉俗。正如溫室培育幼苗，悉心呵護，枝葉茁壯，才可以移植野外，承受風雨衝擊，使之堅韌不屈，昂然成長。」既以溫室喻學校教育，就要順理成章，再寫野外與風雨。

此外，如要顯露思想精密，亦可如此：

「課堂教育未成之時，學子若貿然全面投入生活鍛煉，易受他人誘惑摧折而變得憤世嫉俗。正如林人先於溫室培育幼苗，悉心呵護；待其枝葉茁壯，方才植返自然，使之雖經風雨衝擊，依然堅韌不屈，得以昂然成長。」❶

講稿整理，二〇一〇年於嶺南大學

❶ 讀者來函建議，謹謝。

優雅風趣，遊戲文章

承上文的作文題目，問「課堂學習與生活體驗，何種學習模式的效果較佳？」另有一位大陸商科畢業生，文章如此開首：「現時學習的方式五花八門，例如模擬實景學習，透過遊戲學習等，但大致上學習主要分為課堂學習和體驗學習模式，但我認為要有效率的學習雙管齊下，應用兩種學習方法才是最明智的選擇。」這是大包圍、騎牆派的答案，又講效率又講明智，可惜文句與說理俱劣。

首先，作者模糊了講的中文與寫的中文，「應用」一詞在口語是分得清的，特別是粵語，聲調（jing^{1}與ying^{3}）起落差異很大，普通話則差異不大（ying^{1}與ying^{4}），但寫出來，字形相同，讀來不知道是「應該用」還是「運用」。既然兩個都用，而且雙管齊下，該寫「結合」兩種方法。該考生寫出歧義文辭，證明他欠缺自我閱讀及修正的能力，活用詞彙的能力也極差，連「結合（兩者所長）」也不懂得用。

通順中文，可以改寫為：「學習方法五花八門，有模擬實景學習、遊戲場景學習等。大抵而言，學習可分為課堂學習及體驗學習兩種，要學得好，便要雙管齊下，結合兩種方法，才是明智選擇。」這裏改了詞彙，「透過遊戲學習」轉為「遊戲場景學習」，使之可與「模擬實景學習」的構詞略作對仗。至於「最明智」，是亂講了，不能一開始就講「最」的，否則就暗示了只取其一：課堂學習或生活體驗，都是明智之選。這是自掌嘴巴而不自知。

優雅中文，可以如是：「學習之道五花八門，大抵而言，可分課堂學習及生活體驗兩種。然則此兩方法各有所長，不可偏廢，要取其精要，便要雙管齊下，結合兩種方法。當今之課堂學習，也有模擬實景學習、遊戲場景學習之類，吸收生活體驗的學習方式。總之，學校要學生留在課堂，學生也愛舒服，不喜歡街頭的熱氣與灰塵，學校便將街上的生活體驗馴化，搬入教室。故此，學生也不須做什麼選擇的，校方早就給大家設想好了。」這是優雅得來，略帶學術諷刺和後生調皮的答案。由於考生不知道模擬實景學習、遊戲場景學習在概念上已經結合兩種方法，他不曉得開這個玩笑，還誤以為這兩種新方法都是課堂學習哩。

諸位，這三集文章的例子，算是中等水平，都不是最差的。讀了三四年大學，一旦離開學科範圍，給他們幾張白紙，一個鐘頭的作答時間，隨便問個問題，他們便將概念、邏輯與行文，寫得一塌糊塗。大學的專科知識訓練用不上，甚至用錯了，大部分的考生，都是重複小學和中學的作文技巧和知識，然而卻又錯漏百出。是我們的大學教育出了問題，是基礎教育殘缺，還是整個教育制度都腐敗了？又或者，我們的反智社會正正需要這種教育制度、這些教育成果？

講稿整理，二〇一〇年於嶺南大學

貌似淵博的論文

兩年前返回大學執教，批改論文，學生徵引的大陸文章很多，近墨者黑，論文風格也隨之變得累贅、糊塗起來。近代哲學家維根斯坦（Ludwig Wittgenstein）說，要將事情講個明白，最是困難。堆砌文辭，故弄玄虛，倒不需什麼學問。這比小孩堆積木還容易，積木堆高了會倒塌，文句駁長了卻不會斷裂，而且還貌似學問淵博的樣子。輯集幾句，玩味一下。（按：學生之例句經我改動，免了尷尬。）

用詞適仔細，忌浮泛

例如這句，「明人馮夢龍《三言》的小說世界，字裏行間充斥着一種濃厚的生活氣息，是中晚明一幅活生生的人情風俗圖，富有深邃的社會底蘊。」觀之略見涵養，探之卻如虛文。「充斥」是貶義詞，字裏行間是探索隱蔽之處，而不是顯而易見的人情風俗。「生活」無所不包，「生活氣息」變得不夠精細。「底蘊」夠深奧的了，再加「深邃」，通俗小說變了無字天書，深不可測了。這樣寫就好：

「馮夢龍《三言兩拍》民間氣息濃厚，是中晚明社會的風俗寫照。」

再一例，「自古以來，中國有很多描述才子佳人的愛情故事，雖然故事中有很多曲折的情節，但不乏『有情人終成眷屬』的結局。」

「自古以來」，是三皇五帝時候就有嗎？還是茹毛飲血，雜交群婚，人但知其母而不知其父的時候？「才子佳人」，自是「愛情故事」，何須重複？才子佳人小說是那些套式情史，破鏡重圓，合浦珠還，「有情人終成眷屬」是常例，「不乏」卻是用來寫例外的啊。這樣改吧：

「明清以來，才子佳人式的舊小説，儘管情節曲折離奇，大抵結局不脱有情人終成眷屬之巢臼。」

毋故作驚人之語

又一例，「《三國演義》通行本借〈臨江仙〉序詞，為整部小説定下了一個基調：社會發展有定數。」

社會發展是有規律，世事、時運才有定數，又要改了：

「《三國演義》借〈臨江仙〉序詞，定下基調：世事皆有定數。」

題目要寫得精確，莫亂用虛詞或洋化的冠詞（一種、一個……）。例如：

胡金銓電影《山中傳奇》：民間文化語言的一種表現——儒釋道人鬼陰陽情色的想像

倒不如改為：

「胡金銓《山中傳奇》的儒釋道關係及人鬼情色想像」

一篇論文分析本地作家陶傑的修辭，行文如下：

專欄的風格並不是作者一人的創作，而是有編輯、讀者介入的共創，自然不會完全地反映作者的性格、才性等個人特質。

為免陶傑先生看了，要嚇一跳，不如改為：

「專欄寫作，時日悠久，風格並不是作者一人決定得了的，而是有編輯和讀者介入，過程之中有共同創作，有報紙市場的考慮，不一定完全顯示作者的性格和才情。」

《明報》二〇一一年十一月十八日

我們距離中國幾遠

五六年前，我在港府民政局做事，曾經幫過一位大陸學者編訂場館展覽用的文稿，他坦白告知：「陳先生你即管改，我們已經不曉得寫中文的了。」事緣某富商捐出文物藏品予英國某老牌大學，於是聘請大陸學者寫學術介紹，富商見了學者的共黨中文，大皺眉頭，恐怕見笑海外，於是請我修改。我顧念該富商謙虛有禮，學者也是我的忠誠讀者，於是出手相助。因涉及面子及私隱，例子不在此引述了。

年前去了台北故宮博物院，介紹上古玉器，撰寫的白話文古雅而有靈氣，雖然未脫五四運動的稚嫩，文章大體猶可：

東北地區——

圓壇方冢裏，埋藏了玉之精、物之靈

七、八千年前，燕山以北、遼河以西，分佈了興隆洼文化，人們流行戴耳飾玦，更用玉、石製作工具及女神像。

到了五、六千年前的紅山文化，文化發展達於高峰，除了建神殿供奉巨大的彩塑女神外，還營造圓形的祭壇與方形的積石冢。用美玉雕琢各式動物，或作胚胎模樣，或強調鳥的勾喙、獸的尖齒，更有炯炯逼人的漩渦眼；結合人、鳥、獸於一體的奇特造型，可能意味着古人藉玉之精、物之靈，向神祇祖先祈求庇佑的巫教內涵。

算是很靈氣的白話文，只是最後一詞「內涵」，應改為「信仰」。巫教（Shamanism）是信仰，毋須避忌而改為內涵的。此段文字仍可潤飾：

「圓壇方冢，內藏玉之精、物之靈

七、八千年前，燕山以北、遼河以西，其聚落為興隆洼文化，人民流行戴耳飾玦，更用玉、石製作工具及女神像。

到了五、六千年前的紅山文化，文明臻於高峰，有神殿供奉巨大彩塑女神，也有圓形祭壇與方形積石冢。玉雕各式動物，或作胚胎模樣，或以鳥的勾喙、獸的尖齒為圖案，更有炯炯逼人的漩渦眼；結合人、鳥、獸於一體的奇特造型，可見先民的巫教信仰，藉玉之精、物之靈，遙向神祇祖先祈求庇佑。」

但一講到理論，便露出現代的學究氣：

華西地區——黃帝之時，以玉為兵

華西地區包括整個黃土高原，更向南連結至四川盆地。綿密深厚的黃土覆蓋遼闊的華北，滾滾黃河孕育出輝煌的華夏古文明。這兒的居民擅長摶泥作陶，繪出或旋繞、或方迴的繽紛彩色飾帶。相對於東方沿海居民迷戀動物紋樣的風尚，他們創作了氣勢磅礡、樸素無華的幾何形玉器。圓璧、方琮具體落實了「天圓地方」的宇宙觀；聯璧與大型玉圍圈迴環運轉的設計，可能隱涵生生不息的「永恆」意念。大量帶刃玉器的存在，似乎

印證了漢代典籍所說的「黃帝之時，以玉為兵」的記載。❶

描述倒是妙筆生花，但論理就扞格不入。宇宙觀並非方案計劃，好難「落實」的。「體現」、「表現」略好，但卻假設了古希臘的柏拉圖思想，認為人類先有理念，再在世上尋找或塑造對應之物。古代中文好少長句到尾，一般用語氣連續的短句，將事物排列出來，形成循環互涉的關係。例如這句「圓璧、方琮具體落實了『天圓地方』的宇宙觀」，假若由清朝的文人寫，最少要寫成這樣：「圓璧與方琮，一圓一方，一天一地，天圓地方之宇宙玄理，寄於器物焉。」這才是中國人的思想方式，從容不迫，娓娓道來。道與器，形而上的道與形而下的器，是難以分開而論的，不是說道高於器，而是道賦其形於器物。

中國藝術用的是神思之論，不是西洋美學的模仿論或表現論，故此美術理念只能寄寓於器物，不能說是用器物來表示或體現的。寫論說文章，要學理清晰，文字也不必故弄玄虛。即使是英文解說，上面的例子，也不要寫官僚技術員的、僵化的 represent（呈現）或 embody（體現），而是淺白的 take the shape of（取其形）。不過，很多香港的英文老師，會覺得學生識得寫 represent 或 embody，是了不起的事情。

《明報》
二〇一二年三月十六日

❶ 國立故宮博物院網頁：http://www.npm.gov.tw/exh95/begin/subject_cn.html。

多情之夫妻愛——重讀《浮生六記》

讀者問我讀什麼書，可以轉化氣質，磨礪文筆，我舉的多是明清與民初的小品與筆記，外加魏晉《世說新語》。明清之筆記，前承唐宋，後開民國，距今不遠，時代相近，文言寫得淺白，白話寫得精煉，情態清雅而平易近人，不論文心與文筆，都可學而得之。清之性情文章，沈復之《浮生六記》，誠真而純樸，不可多得，林語堂讀之即翻譯為英文，傳播世界。❶我書齋有袖珍本，不時翻閱，見沈復坎坷跌宕而偷歡自得，有閱世療心之功。今日寫者，是一私之見，乃臆測沈復之愛妻芸娘乃女子同性戀（lesbian）而與丈夫共享所愛之美事。❷

中文急救

讀之得以寬懷

沈復生於師爺世家，以幕僚及酒業為生，窮困時亦賣書畫。其人性情坦蕩，仗義疏財，其妻則優雅、纖巧、義氣而癡情，生於乾隆盛世、滄浪亭側而家道中落，後因芸娘與娼妓結拜及沈復與西人高利貸擔保而被嚴父逐出門庭，乃至命運潦倒，生計不保，一家流離失所，寄居別處，子女託人照顧。此種生活形態，正是今日香港中產階級趨向貧困之寫照。可幸者，是沈復夫婦情篤，好做詩、栽花、盆景、煮茶、遊覽，結交廣闊，困厄之中亦有雅趣，且沈復將畢生經歷寫於自傳散文，而《浮生六記》又有幸流傳世上，令無數人讀之得以寬懷，頗有藝術拯救人生之意。

❶ 光緒三年（一八七七年），獨悟庵居士楊引傳在蘇州護龍街舊書肆上發現《浮生六記》手稿本，「六記已缺其二」，五、六兩記遺失。楊引傳託他在上海申報館工作的妹夫王紫銓，收入《獨悟庵叢鈔》。後來，又在東吳大學《雁來紅叢刊》發表，使此書流傳開來。光緒末年，江蘇吳興人王均卿，將《浮生六記》收入其《香豔叢書》，苦心搜尋兩記佚稿，遍訪吳中，終不可得。王均卿臨終時，唯有託寒士黃楚香約定用王提供之使琉球資料寫成《中山記歷》，另外隨便寫《養生記道》，書成後付稿費二百大洋。見陳創：〈足本《浮生六記》作偽真相〉，《讀書屋》，二〇〇五年第一期，網上可讀：http://www.housebook.com.cn/200501/22.htm。

❷ 陳芸是沈復舅父之女，字淑珍，暱稱芸娘，多愁善感，沈復愛戀芸娘，然而也預知不祥：「其形削肩長項，瘦不漏骨，眉彎目秀，顧盼神飛，唯兩齒微露；似非佳相。」

《浮生六記》只存四記，後兩記《中山記歷》及《養生記逍》（或作《養生記道》）乃後人偽託。《中山記歷》改自清人李鼎元《使琉球記》❶，情節驚險，《養生記逍》乃補綴之作，文筆無趣，增長知識而已。兒時最喜讀的是《閑情記趣》及《浪游記快》兩章，前者寫種花、造園及栽盆景，正是我童年樂趣，後者寫各地遊歷及舊時文人冶遊之樂，沈復遍遊中國，且與幕友尋花問柳，見識天下佳麗。自誇四處做幕僚而遊歷廣闊：「余游幕三十年來，天下所未到者，蜀中、黔中與滇南耳」。讀者隨之神遊，可謂雖不能至，心嚮往之。《閑情記趣》最動人一節，是芸娘僱請老翁挑餛飩擔到郊外，方便眾人野炊，觀賞菜花田。飽食之後，煮茶、溫酒而詠詩，乃至紅日將盡，沈復思食粥，老者買米煮之。此文人郊遊，比不上王羲之蘭亭雅集，曲水流觴，卻是常人可及之樂。

沈復被逐分家之後，開店賣畫，隔鄰有「西人」放高利貸，沈復擔保友人借錢五十金而被牽連，遭其父斥責，於是驅逐。此「西人」不知是何國之人，也許是乾隆年間來華經商之歐洲白人。當時沈復常提及之「番銀」，乃墨西哥銀圓。又他在《浪游記快》，記錄浙江上洋之郡園亭林，乃洋商捐資修建。在沈復自傳偶然讀到洋人在清朝盛世之活動，也是樂趣。

同性之愛

近十年喜讀《閨房記樂》及《坎坷記愁》，篇章不長，有時交替而讀，有時對調而讀，印證人生苦樂參半也。《閨房記樂》最為今人驚訝者，是芸娘見沈復與其友徐秀峰自廣東做幕僚歸來，而秀峰攜有美妾，芸娘見了，說她雖美而欠韻味，秀峰賭氣說芸娘之夫婿納妾，必是嬌美而有韻味的了？芸娘竟然一口咬定，於是四處打聽，而其夫初時不以為然。及後，見名妓冷香之女，名憨園，年華二八，亭亭玉立，貌美而有文思，可謂「一泓秋水照人寒」，芸娘見之，「歡同舊識，攜手登山，備覽名勝」，夜飲野芳濱，泊船之後，芸娘着其夫陪友，而自與憨園共宿一舟，次日憨園與芸娘喁喁密語，結為姐妹，芸娘將翡翠釧子贈送，套於憨園臂上。定情之後，轉而向其母冷香談婚娶之事，然

❶ 嘉慶十三年，清朝朝廷冊封琉球國王，派遣太史齊鯤為正使、侍御費錫章為副使，沈復一同前往。

而憨園後來被豪客奪去，豪客多金，且答允奉養憨園之母冷香也。因憨園被奪，而芸娘素有之血疾（吐血之病）發作，家翁又斥責她與娼妓結盟姐妹，敗壞家風而驅逐之，輾轉流離，竟然香消玉殞。

沈復在《閨房記樂》末端，透露端倪，問其妻是否想效法兩互相愛慕之女子同侍一夫之事：「余笑曰：『卿將效笠翁之《憐香伴》耶？』芸曰：『然。』」《憐香伴》出自李漁《笠翁十種曲》，寫兩名私訂終身之女子（崔箋雲與曹語花）無法成婚而長相廝守，崔箋雲嫁先予范介夫而再納曹語花為妾之故事，即兩名同性戀女子借同侍一夫而合家團聚。李漁此劇，在當時乃驚天之作。芸娘好男扮女裝而與夫婿出遊，未嫁之時又多結拜姐妹，但並非急色，而是要為夫婿尋覓可堪匹配之美妾，增加夫婿於同僚間之名望，後來自己也心生喜歡而已。

成人之美

沈復《憐香伴》之問，乃明知故問，而芸娘也大方承認，夫妻終無妒忌，以慾望及美意坦誠相對。之前夫妻遊太湖，沈復請船妓素雲來陪酒，三人在萬年橋下暢談，素雲不勝罰酒而醉，狂態畢露，芸娘叫其夫撫摸素雲之身，之後自行乘輿歸去，留下其夫與素雲在船上「茶話片刻，步月而回」，也是成人之美。及後，友人魯半舫之母私下告知芸娘，說他夫婿曾於萬年橋舟中挾兩妓而飲，芸娘則說其中一人就是她，於是魯夫人大笑。

芸娘乃同性戀、雙性戀，我日前偶然閱讀得之，後來查證，發現有數篇文學論文以此為題，然而多是以現代女性主義之性愛解放觀點而寫，有些生硬，未能盡古人之豁達與隨心。沈復與芸娘，都是多情又癡情之人，一度成為神仙美眷，兩人都是豪情義氣而成人之美，乃至不為世間所容。年少時讀之而悲，今日重讀，則不覺其悲，只覺其美。人生不在久長，而在快慰而已。

後記：網上有一文章，陳雄：〈將女人做到極致〉，頗可一讀：http://www.ladyfund.cn/cwkl/hygl/tongyongye.asp?ID=116，轉載自陳雄《最紅顏：細説古典名媛》。

《明報》
二〇一一年十二月十一日

附錄：共黨中文與香港中文對照表

共黨中文	香港中文	註釋
一、官僚用語		
單位	機構、部門、公司	中共建政初年，國營經濟之下，什麼都屬於單位
領導	首長、長官、董事長等等	軍事用語
領導人	元首、總統	革命黨的用語
國家主席	總統	共產國家的制度
發表講話	演講、演説	言之無物，不敢用演講一詞
人民群眾	（非黨員的）民眾	官家以外的老百姓
反映意見	傳達意見	當人如鏡子般的死物
打造	創造、興建、設立⋯⋯	粗鄙之語
出台（政策）	推出、實施、實行	做一齣戲，大龍鳳
平台	環境、論壇	語詞貧乏

上馬	推行	軍事用語
落實	推行、實施	政策有虛懸之虞
務虛	蹉跎歲月、不做實事	務實的反義詞
一系列措施、一籃子措施	連串措施、多項、整體	系列是模糊不清之詞，不如一連串
配套、配合	迎合、相配	政策前後脱節，才需要強調配套
人民內部矛盾	黨內鬥爭	革命鬥爭之詞
敵我矛盾	階級鬥爭	革命鬥爭之詞
加大力度	加強、促使	平時是無力的
絕不手軟（資助教育）	毫不吝惜	平時是軟弱的
嚴打	嚴懲、制裁、撲滅、整肅、肅清、杜絕	嚴打貪官（整肅貪污） 嚴打犯罪分子（肅清匪類）
打假	掃蕩冒牌貨	暴力詞
掃盲	普及識字教育	暴力詞

共黨中文	香港中文	註釋
掃黃打非	打擊淫褻物品及盜版	暴力詞
扭送公安局	送交警局、送官究辦	扭着手來送，暴力詞
零容忍	絕不姑息、絕無寬貸、杜絕	偽科學詞
拳頭作品	代表作、傑作	暴力詞
堅定不移	果斷	故作高深
中央屠宰	統一屠宰	暴力詞
兩手準備	最壞打算	平常無準備的
兩條腿走路（經濟發展與政治穩定）	兼顧、平衡	暗示政府平常只用一條腿走路的
雙規	紀律處分、行政管制、軟禁	懲治貪官的方法，在指定時間到指定地方報告
拆遷	徙置	劫掠土地
追尾	首尾相撞、追撞	好像玩具車追逐

基調	景氣、市場氣氛；綱領	不是玩音樂啦
微調	調整	不是調鋼琴啦
高度關注	注視	偽科學語
高度評價	讚揚	偽科學語，避免顯露感情
二、濫用軍事用語		
班子	班底、隊伍、團隊	「班底」源自粵劇戲班
接班人	繼任人、傳人	
走群眾路線	親民、愛民、體恤民情	
遺體告別儀式	喪禮、葬禮、弔唁	中共禮崩樂壞，不敢用禮字
精神武裝	決志	
做思想工作	遊説、灌輸、洗腦	
統戰工作	拉攏、籠絡、招安、招撫	
崗位	職位	

共黨中文	香港中文	註釋
下崗	失業	
進軍、進駐	進入、投資（商人）	例如：台商進軍上海
搶灘	競爭、爭先	
政策到位、資金到位	政策完成、資金及時	
商戰	（商業）競爭	
培訓基地	訓練學校	
勝利完成	如期完成、功德圓滿	
三、偽科學語、偽哲學語		
搞衛生	打掃、清潔	
菜籃子工程	民生、利民之政	
精神文明工程	文化教育	
靈魂工程師	教師	

溫飽工程	農政	
零關稅	免稅	
零距離接觸	親近	
口岸零距離（樓盤）	貼近海關	
道路零意外	無車禍	
全方位	全面、徹底；無有缺遺	
出現變數	有變、生變、有異；恐有差池	
自然災害	天災	
三年自然災害	人禍	毛澤東的大躍進的委婉語
特異功能	神通、奇能、異能	
立交橋	行車天橋、繞道、高架迴環路	視乎高架車道的類別而定
空間	太空	
航天飛行器	太空船	

共黨中文	香港中文	註釋
宇航員	太空人	
高度評價	激賞、讚譽	
高度重視	關注、密切注視	
極度遺憾	震怒、怒不可遏	
比較完滿	尚可	
充分體現	彰顯、呈現、盡顯	
存在、不存在	有、無	存在是本體論的用語
辯證看待	反覆思量	辯證法是馬克思主義的哲學方法
發揮主觀能動性	努力、立志	
發揮積極性	主動、勇於任事	
從量變到質變	逐漸變化	
透過現象看本質	明辨事理	

抓住事物的主要矛盾	辨別輕重	
四、社會名詞		
計生委	家庭計劃委員會	計劃生育委員會的簡稱
人流；人工流產	墮胎	委婉語
知識分子	文人、文化人	來自俄語 intelligentsia
知識青年	高中學生、大學生	文革的名詞，上山下鄉的知青
富二代	世家子弟、二世祖	
官二代	官家子弟、官宦世家	官二代有諷刺之意，不復官宦世家之氣派
富餘人員	窮人、冗員、無業遊民	委婉詞
小資	中產（階級）	小資產階級的簡稱
一次性餐具；一次性用品	即棄餐具、一次用餐具、塑膠餐具	引人遐想，最經典的是「一次性收費」
文明禮貌	禮儀	精神文明建設運動的詞彙

共黨中文	香港中文	註釋
尖子	精英	鄙俗之詞
抓緊時間	趕快、趕忙	
搞活經濟	促進經濟	
茶文化	茶藝、茶事	濫用文化一詞
官場文化	官場風氣、政風	
質量	品質	在科學文獻，仍可用質量一詞
品位	品味	兩詞略有差異
五、費解的節縮語		
批鬥	批評	
態勢	事態	
表態	表明立場	
交心	表白	

協商	商議	不知是協議還是商量？
達標	及格	達到指標還是達到目標？
超標	過度、過量	超有好的意思，超標是褒詞
收編	吸納	收入編制的軍事用語
維穩	監察（動亂分子及滋事者）	維持穩定
創收	營利、牟利	公共部門創造現金收入
創匯	創造外匯收入	
操控	操縱	
掌控	掌握	
調控	調整	
監控	監視、監察	
珍稀	珍貴	珍貴已有稀有之意
稀缺	稀有	

共黨中文	香港中文	註釋
體檢	驗身、身體檢查、體格檢查	
汽配	汽車零件、配件	
驗收	查收	檢驗之後交收，兩個程序合為一個，反而不妥
提速	提高速度	邁向高鐵的鐵路術語
迅猛	猛烈	猛烈已有速疾之意
招商引資	吸引外資	外資已是商人，毋須重複
三資企業	外來投資	中外合資、中外合作及外商獨資三種，在開放改革初期，此詞仍有必要，香港則不必用此詞，連「外資」也少用的。
六、不提全稱的簡稱		
人大	人民代表大會	

軍委	軍事委員會	
政協	人民政治協商會議	
中全會	中央全會	
教委	教育委員會	
省委	黨的省委員會	
市委	黨的市委員會	
黨委書記	黨的委員會書記	
黨支書	黨支部書記	
勞模	勞動模範	
勞改	勞動改造	
勞教	勞動教養	
推普	普廣普通話	
推普滅方	消滅方言	推廣仍可保存方言

共黨中文	香港中文	註釋
走資	走資本主義路線	
民工	農民工	
農轉非	入城落籍、落戶	農村戶口轉為非農村戶口
動遷	遷移	大規模的人口遷移，如興建三峽水庫期間
中奧	中辦奧運	
博導	博士導師	

七、近義連稱

黨政軍		
假大空	虛假	
坑騙害	欺詐、陷害、構陷	
冤假錯案	冤案	

封資修	封建殘餘、資產階級修正主義者	皆階級敵人也
老大難		
偉光正	偉大、光榮、正確的共產黨	二十世紀五十年代的宣傳語
多快好省		大躍進的口號
八、套式語		
為人民服務	服務民眾、服務大眾	
向XX學習	學習XX	
把XX進行到底	堅持	把革命進行到底（徹底革命）
為XX創造條件	促成	
為XX奮鬥終身	矢志	
做了大量的工作	貢獻良多	
不存在XX的問題	絕無此事、查無此事、斷無此理；遑論、談不上	

共黨中文	香港中文	註釋
站到XX的對立面	敵對、對立、作對	
少數別有用心的人煽動不明真相的民眾	示威遊行	
緊密地團結在黨和政府的周圍	拱衛黨國	
發出了時代的最強音	吶喊、咆吼；奔走呼告、振聾發聵	
不以人的意志而轉移的	勢不可擋、沛然莫之能禦	
在歷史的長河裏	歷來	
釘在歷史的恥辱柱上	遺臭萬年、惡名昭彰	
走在時代的最前列	先鋒、先驅、前驅、前衛	
站好最後一班崗	貫徹始終	

發展才是硬道理	經濟發展優先	
一手抓經濟，一手抓政治，兩手抓，兩手都要硬	政治穩定與經濟發展並重，不可偏廢	
在黨的親切關懷和領導的熱心過問下	批准	
與美國總統進行了一次友好的談話	與美國總統懇談	
偉大祖國文化裏的一顆璀璨的明珠	國寶	

急救中文（初集）

作者／陳雲

封面設計／Tsuiyip@TakeEverythingEasy Design Studio

總編輯／葉海旋

助理編輯／周凱敏

設計／陳艷丁

出版／花千樹出版有限公司

地址：九龍深水埗元州街 290-296 號 1104 室

電郵：info@arcadiapress.com.hk

網址：http://www.arcadiapress.com.hk

印刷／美雅印刷製本有限公司

初版／二〇一二年七月

第二版／二〇一六年十一月

ISBN: 978-988-8042-71-5

版權所有 翻印必究